TODOS
LOS MIEDOS

PEDRO ÁNGEL PALOU

TODOS LOS MIEDOS

Planeta

Diseño de portada: Estudio la fe ciega / Domingo Martínez
Fotografías de portada: © Shutterstock
Fotografía del autor: Foto: © Gabriela Bautista

© 2018, Editorial Planeta Mexicana, S.A. de C.V.
Bajo el sello editorial PLANETA M.R.
Avenida Presidente Masarik núm. 111, Piso 2
Colonia Polanco V Sección
Delegación Miguel Hidalgo
C.P. 11560, Ciudad de México
www.planetadelibros.com.mx

Primera edición en formato epub: junio de 2018
ISBN: 978-607-07-4886-8

Primera edición impresa en México: junio de 2018
ISBN: 978-607-07-4882-0

Impreso en los talleres de Litográfica Ingramex, S.A. de C.V.
Centeno núm. 162-1, colonia Granjas Esmeralda, Ciudad de México
Impreso y hecho en México – *Printed and made in Mexico*

*Para los periodistas caídos
mientras buscaban contar la verdad*

Advertencia

Los personajes de esta novela son seres de ficción, producto de la imaginación de su autor. Cualquier semejanza con la realidad es culpa de la realidad. El país y la Ciudad de México desafortunadamente sí son verdaderos, y crueles.

Ser gobernado es ser vigilado, inspeccionado, espiado, dirigido, legislado, numerado, reglamentado, reclutado, adoctrinado, sermoneado, controlado, comprobado, calibrado, evaluado, censurado, mandado por criaturas que no tienen el derecho, ni la sabiduría, ni la virtud para hacerlo.

Proudhon

Solamente hay tres resortes fundamentales de las acciones humanas, y todos los posibles motivos no obedecen sino a estos tres resortes: el egoísmo, que quiere su propio bien (carece de límites); la malevolencia, que quiere el ajeno mal (llega a la extrema crueldad); la piedad, que quiere el bien del otro (llega a la generosidad, la grandeza del alma). Obedece toda acción humana a uno de esos tres móviles, o bien a dos simultáneamente.

Schopenhauer, *Los dolores del mundo*

Antes

Veinticinco minutos a pie la separan desde la salida del metro Etiopía hasta su departamento. Es todo lo que la aparta del pánico y la calma. Ha adquirido la costumbre de mirar a sus compañeros de viaje con recelo. En ocasiones se baja en otra estación y regresa en el siguiente tren si nota a alguien sospechoso. Es jueves y ese día *no circula*. O más bien no circulaba, cuando el auto servía. Era, como ahora de nuevo, el día del miedo. El día de la paranoia, se dice para consolarse. Es curioso, piensa, cómo hemos venido a interiorizar el hecho de no poder sacar el coche un día a la semana o dos, en un vano intento de disminuir la contaminación. Nadie dice mi coche no circula. Somos nosotros los que no circulamos, aunque haya necesidad de salir al trabajo, de tomar el transporte público, de correr si es necesario, presas del pánico. Su coche descansa, de cualquier forma inservible, en el estacionamiento del edificio. Le dan una miseria por venderlo y no tiene dinero para arreglarlo. Desde que la corrieron del periódico tiene que estirar los magros ahorros. Todo eso le pasa por la cabeza mientras agarra con fuerza la correa de la bolsa y sale del vagón que resopla su mismo cansancio. No hubiera salido nunca en jueves de no ser por la cita con una *fuente*. La esperó más de una hora y luego un simple texto cancelando. Había corroborado la verosimilitud de su historia, su identidad. La información que le iba a dar, estaba segura, le permitiría cerrar los cabos sueltos de la investigación que estaba terminando. Ahora otra vez no tenía las pruebas necesarias. A esa hora, con las tiendas y los restaurantes

y hasta las cantinas ya cerradas, se bajan solo seis personas del metro. Las observa una por una. Tres hombres, tres
mujeres contándola a ella. Caminará con calma, el miedo
se huele, te hace presa fácil. Dos de los hombres le parecen
inofensivos. El que lleva la cabeza cubierta con la sudadera
azul marino es el único que la perturba. No debe perderlo
de vista. Decidirá la calle por la que tomará al salir del metro una vez que lo haya visto alejarse.

Veinticinco minutos, eso es todo.

Sale a la madrugada del metro Etiopía, que ahora se
llama también Plaza de la Transparencia. Piensa en la ironía en este país opaco. Casi dan las doce. El suyo ha sido el
último tren. Hace frío y ella se aprieta al cuello la pañoleta que no la cubre. El viento la despeina. Ha llovido y la
ciudad parece limpia, huele bien, como a niña. Todos sus
sentidos están despiertos. Pero también todos sus miedos.
Necesita guardar calma, obtener algo de compostura. Se
da cuenta de que las piernas le tiemblan. No hay nadie en
la calle desierta. Los que han salido con ella de la boca del
metro se dispersan. El que le preocupa toma por Cumbres
de Maltrata, hacia la derecha. Ella avanza en dirección
contraria, aunque eso la aleje un poco, hacia Anaxágoras.
La más pequeña precaución puede hacer toda la diferencia. En otras ocasiones, con igual miedo, ha tomado todas
las rutas. Tiene la cartografía de las calles tatuada dentro del cerebro. En la primera bocacalle volverá a la Avenida Cuauhtémoc. Hay más luz, pasan coches. Lo que resta
de vida en la ciudad pasa por allí, la tranquiliza. Pero debe
cerciorarse de que va sola. De que nadie la sigue.

Mira el reloj. Kilómetro y medio. Veintidós minutos, se
dice. Veinte si apresura el paso.

Ha tomado cursos de defensa personal, sobre todo después de haber empezado a recibir amenazas de muerte,
cuando publicó el reportaje sobre la chica guatemalteca,

Stephanie, raptada por los Zetas en Tamaulipas. Cambió las chapas de la casa, puso nuevos cerrojos, rejas por fuera de las ventanas, su departamento empezó a parecerse más a una celda que a una casa, pero al menos dentro se sentía segura. Había pensado también en buscar compañeros de habitación, amigas solteras, alguno de los periodistas recién llegados del interior que venían a la Ciudad de México a refugiarse de la violencia y el miedo, pero después de lo ocurrido en la Narvarte con ese fotógrafo de Veracruz y la modelo colombiana, a quienes asesinaron a sangre fría en medio de una fiesta, le pareció que era agregarle una pizca más de inseguridad y de temor a sus propios miedos. Luego la despidieron del periódico por presiones de muy arriba —o de muy abajo, piensa con sorna— y al hecho de sentirse físicamente vulnerable se le agregó la inseguridad financiera. Tenía ahorros suficientes para pagar dos años de mensualidades del departamento. Lo que ganaba ahora de esos medios en línea y de trabajos esporádicos le permitía comer, irla llevando. Nada más. Estaba segura de que con el nuevo sexenio, si las cosas cambiaban, podría volver a conseguir chamba fija en otro diario. Mientras tanto había que aguantar. Un poco más.

Si no fuera por esto. Esta sensación de fragilidad total, de sentirse perseguida, vigilada, amenazada. Los cinco sentidos alertas, le había dicho el maestro de aikido. El oído, sobre todo, como tener ojos en la nuca. Hay que escucharlo todo, como si estuviese en la selva, presa de un posible, enorme depredador. Su instinto para el lugar común la alertó de ese cliché. Le dio risa. Por un instante eso la distrajo. Algo de lo que no podía darse el lujo. Se detuvo en seco, contra su propio instinto y volteó. Nadie. Ni un alma. Otro lugar común.

Da vuelta y se encuentra en Cuauhtémoc. La larga avenida, las luces y el ruido de algunos autos la reconfortan, como si estuviese en compañía, protegida. No hay que bajar la guardia. Nunca. Su mente a mil por hora. También hay que aquietarla, porque ese es un error aún mayor, la constante *cháchara* de esa voz traicionera dentro de su cráneo. Un auto frena bruscamente en la esquina. Ella se detiene también en seco. Mira que no ocurra nada, que nadie baje del vehículo. Huelen los neumáticos quemados por el asfalto. El coche esquiva un bache, da la vuelta, se aleja. Vuelve a estar sola.

Dieciséis minutos. Quince. Cada vez menos.

Avanzar hasta San Borja por Cuauhtémoc, sin correr, sin alterarse. Checa en la bolsa de su saco y aprieta el gas. Nunca lo ha usado, pero le da tranquilidad sentirlo. Es su única arma, su única defensa. No tiene idea qué haría frente a un cuchillo, frente a una pistola. ¿Cuántos segundos para reaccionar? Cuando te toca, te toca, habría dicho su madre. Otro lugar común. No existe el destino ni hay nada escrito. Se puede estar, eso sí, en el lugar equivocado en el momento equivocado.

O se puede cometer errores.

El peligro es así. Los chances son mayores cuando vives en una ciudad como esta, en un país como este, cuando además te dedicas a un oficio que perturba la paz de los poderosos y también la de quienes viven fuera de la ley, en poderes autónomos, los cárteles, los sicarios, los secuestradores. *No creo en el periodismo justiciero*, le dijo el director de su diario antes de despedirla. *No es nuestro papel hacer justicia ni dictar sentencia. Se les ha olvidado a ustedes, los reporteros*. Palabras para ocultar su propio miedo ante las amenazas de alguien. Ella sabe quién. Cortar por lo más fácil, sacarla a ella de la jugada para salvar su propio pellejo.

Eso, claro, es no hacer justicia.

Pero también es no hacer periodismo alguno. Y ella sabía que sus días en el periódico estaban contados. Se lo habían advertido con suficiente fuerza al menos dos veces antes. La tercera es la vencida. Vuelve a reírse del cliché. Esta vez fue verdad. La vencieron por un rato, pero no la doblaron del todo.

Es el miedo lo que puede vencerla. Pero no hoy. Esta noche tiene que llegar a salvo. Tres calles, largas calles de avenida, y podrá dar la vuelta hacia San Borja. Sigue sin haber nadie cerca, tal vez sus miedos, como otras veces, solo sean infundados. Nadie la sigue. Nadie la amenaza más.

¿Podrá ser cierto? Quizá de la misma manera en que no puede darse el lujo de seguir viviendo así. ¿Por cuánto tiempo puede aguantarse la taquicardia, las manos sudorosas, el estómago contraído? Ese terror ni siquiera los cerrojos logran disiparlo. No a un asesino solitario, a un loco desesperado por dinero, a un chamaco nervioso o inexperto. El verdadero miedo es a quienes la amenazaron de muerte hace meses. Ellos no se tocan el corazón, si es que lo tienen.

El ruido de un avión, a esa hora rumbo al aeropuerto, la envuelve. Pasa volando bajo. O ella así lo cree, ensordecida por las turbinas. Se percata de los más mínimos detalles de las bolsas de basura afuera del restaurante Saudade do Brasil, que no le produce a ella nostalgia alguna, esperando a que las despedacen las ratas antes de que se las lleve el camión al día siguiente. Del farol roto, la publicidad de las campañas infestándolo todo, pegadas en los postes y en las paradas de autobús. *Honestidad valiente*, reza alguna. ¿Se tiene que ser valiente en este país para ser honesto? Sus propios predicamentos le dicen que sí, que tristemente es así. Se requiere coraje para tener principios y vivir de acuerdo con ellos en medio de la impunidad y el atropello.

Diez minutos. Da vuelta en Concepción Béistegui. Algo la saca de Cuauhtémoc. ¿El instinto? Apresura el paso. La frágil intimidad de la calle se lo pide. Es solo eso.

Ninguna amenaza real, por lo menos por ahora. Siente cierta felicidad al haber *perdido* al hombre de la sudadera azul marino. Vuelve a darle risa, sin embargo, lo de perderlo, porque lo más seguro es que nunca la siguió, ni siquiera la miró. Otro ser humano igual de preocupado, como ella, de regresar a casa sano y salvo. Cruza Yácatas. Solo le queda Uxmal y dará vuelta en su calle, en Petén. Como si esa proximidad a lo propio la pusiera a buen resguardo.

Todos esos nombres de zonas arqueológicas de la Narvarte le hacen siempre pensar en el capricho de los urbanistas. En lo arbitrario como parte de la ciudad que crecía y crecía alborotada, selváticamente. Ella misma tampoco es de *aquí*, sus padres la trajeron cuando tenía doce años de Tampico, en los años después del terremoto, cuando todo mundo se iba, ellos en cambio se mudaban a esta ciudad siempre temida, elefantiásica, imposible. La trajeron después de la tragedia. Cuando su familia se desmoronó. Escaparon de Tamaulipas sin poder soportar la muerte del hijo mayor, cercenado y arrojado a un basurero después de que dieron todo su dinero para pagar su liberación. Ella se enteró poco a poco de la tragedia. No de la muerte de su hermano, sino de los detalles terribles, macabros. No es lo mismo ser hija única que ser la única que queda después de que a la familia la cercena la tragedia.

Se acostumbró pronto al cambio.

A lo que nadie se acostumbra nunca es al miedo. Alguna vez fue otra mujer. Una que no temía a nada. Le gustaba esa que dejó de ser. Le agradaba esa seguridad. Y era también una reserva en momentos de desesperación. Podría volver a ser esa, regresar a ese lugar del que no debió haberse ido nunca. Ese lugar dentro de ella.

Cinco minutos. Da la vuelta. Dos calles más. Solo dos calles. Todos los tiempos parecen confluir en esa calle. Las casas de los años cincuenta, las fondas, una cocina económica en una cochera, los edificios modernos que han hecho demoliendo lo más antiguo. Se superponen las ciudades de la ciudad, los tiempos detenidos y los acelerados. Cuando ella compró su departamento en un edificio remodelado con grandes ventanas de cristal se dio cuenta de que era como si lo hubiesen arrojado en esa calle de otro tiempo. Pero le gustó. Quizá por el anacronismo de la vieja Narvarte que no había aún sido colonizado por los hipsters de la Roma o la del Valle. El edificio blanquísimo y acristalado pero pequeño, apenas ocho departamentos, le pareció de la dimensión de su propia vida. Minúscula, fuera de lugar, pero con aspiración a la belleza, a lo simple. Lo mínimo.

Le falta calle y media y estará a salvo.

No sabe de qué o de quién. Tal vez de sí misma, y de sus miedos. Una pareja camina en dirección contraria a ella. Muy jóvenes los dos, apenas unos adolescentes. Se tocan, se besan, andan aprisa. Ríen. Vuelve a quedarse sola en medio de la noche.

Cruza Eugenia. *Gazpacho de Morelia*, anuncia una fonda. No sabe de qué se trata. Nunca ha entrado ni lo ha probado. Le parece curiosa la oferta, pero no la atrae. De día siempre pasa de largo. Ahora, como todo lo demás, está cerrado.

En otras ocasiones ha contado los pasos, ciento diecisiete, antes de llegar a su edificio desde la esquina. Dos minutos. Podría correr, ahora, y dejar de sufrir con el miedo, pero siempre le ha parecido que tiene que guardar energía por si algo le ocurre de verdad.

Solo entonces, en medio de ese pensamiento, se da cuenta de que la siguen. Siente los pasos detrás de ella. Muy cerca. Casi puede escuchar la respiración. Aprieta el paso. Se altera. El miedo la delata. Suda. El corazón le golpea en el pecho. Le cuesta trabajo jalar aire. Evalúa en milésimas de segundo sus opciones. Detenerse y sorprenderlo con el gas, correr hasta el edificio, gritar como loca. Las tres le parecen inadecuadas, insuficientes. De ninguna puede salir librada. Algo le dice que quien la sigue lo ha hecho desde el metro, o es alguien que sabe sus pasos y la esperó, simplemente, a cierta distancia, sin alertarla. ¿De dónde salió? Se estaba escondiendo tras un árbol, quizás. Ese fue su error, pensar que la seguían y no que la esperaban, la acechaban.

Algo le dice que es demasiado tarde.

Un minuto. Tan solo un minuto la separa de la puerta de su edificio, pero ahora ya no importa. De nada le sirven esos sesenta segundos.

Aun así se apresura, mientras camina va tanteando su bolsa por el llavero. Tiene que sacar la correcta, tenerla lista entre los dedos, introducirla a toda velocidad en la cerradura, y meterse dentro, resguardada, protegida.

Veinte pasos hasta la puerta.

Atrás de ella, diez pasos a lo sumo, su perseguidor. No se atreve a mirarlo de reojo, menos a voltear. Quiere gritar, ahora sí, pero no le sale nada de la boca. Se le han secado las palabras. Tiembla, se sacude, suda. Es cruel el pánico, te atrapa y no te deja pensar.

Mete la llave. Quien está detrás de ella la alcanza y la avienta contra el cristal. Le agarra el cuello con la mano, le aprieta la pañoleta. Le hace daño. La lastima. Siente cómo la otra mano del hombre empuña algo. Un cuchillo, quizá, con el que la amenaza. Le susurra al oído:

—Ten miedo de todo lo que crees que sabes.

Entonces, de adentro del edificio alguien abre la puerta y el universo entero se detiene. Lo que iba a ocurrir se detiene. El hombre que la maniataba huye y ella puede verlo, no es el de la sudadera azul marino. No es nadie que haya visto al salir del metro. El nuevo vecino la mira, le pregunta si está bien, le pregunta si puede ayudarla.

Ya la ha salvado, sin saberlo.

Ella niega con la cabeza, aún no puede hablar.

—¿La estaban asaltando? —le pregunta. Ella asiente, muda. Y el hombre le ofrece acompañarla, que no se preocupe, que ya ha pasado el peligro. Le dice eso o quién sabe qué otras cosas más. Ella no lo deja pasar a su departamento cuando al fin logra abrir las tres chapas y se despide del vecino, de su presencia proverbial, con un gesto tímido de la mano. Aún no puede respirar.

Cuando está del otro lado de su puerta y ha puesto todos los seguros, todavía temblando y con la respiración entrecortada, se echa en el suelo y comienza a llorar.

Hoy

1

3:20 a.m.

En esta que debiera llamarse la ciudad del ruido y no de los palacios, hay un límite para todo. Ha soportado estoicamente tres fines de semana las fiestas del vecino. Uno de los dos vecinos nuevos, de los que vinieron después del temblor. Primero se vació el edificio. O casi. Quedaron ella y dos más. Luego, atraídos por la caída en el precio, empezaron a llenarse los departamentos vacíos. Nuevos vecinos, siempre un albur. Te puede tocar la peor de las suertes. Uno de ellos, a quien apoda el Buldog por su cara de malos amigos, pero también por el cuerpo rechoncho y chaparro. Está el otro, el que la salvó, a quien hasta ese momento llamaba el Invisible, porque nunca parecía estar en casa y luego apareció providencialmente. El Buldog suele sostener unas pachangas interminables. Cumbia hasta las cuatro de la madrugada, gritos, golpes en las paredes, cosas que se rompen —platos, copas—, pero ha llegado al límite. Todo conspira contra su paciencia. La han amenazado y estuvieron a punto de matarla a la puerta de su casa, ha estado más paranoica que nunca, su límite de tolerancia ha desaparecido. Así que se atreve. Sale de su departamento y toca en la puerta de al lado. Le abre una mujer joven, muy pintada, muy operada.

—¿Vienes a la fiesta? —pregunta.

—No, no. Soy la vecina. No puedo dormir, venía a pedirles que le bajaran un poco a la música, por consideración con todo el edificio.

Una voz dentro pregunta quién tocó y luego el Buldog se acerca a la puerta y la reconoce. El tono es violento:

—¿Qué se le ofrece?

—No puedo dormir. Sean considerados y bájenle a la música, por favor.

—No puede uno estar tranquilo ni en su propia casa, carajo. Póngase unos tapones en las orejas si tanto le molesta y no esté chingando.

—Pero es que…

—¿Qué? A ver, dime qué, pendeja —la tutea—, ya te atreviste a tocar en mi casa, ¿ahora me vas a amenazar?

—Solo le pido que considere a sus vecinos.

—¡Qué vecinos ni qué la chingada! —ahora fuera de sí el Buldog—, agarra mi copa para que le dé a esta cabrona lo que se merece —le grita a la mujer que ha permanecido allí muda pero que ahora le pide:

—No te pongas así, Nico. No la hagas de tos.

Él no la escucha, le grita a Daniela:

—Mira, puta, para que te quede claro de una buena vez, en mi casa yo hago lo que se me dé la chingada gana. Nomás que ya viniste a meterte conmigo y ahora sí no te la acabas, voy a pedir una camioneta y te vamos a levantar. Pero antes te vamos a coger. Ya valiste. Ya sabía que eras pendeja, pero no tanto.

Le cierran la puerta en las narices. Dentro se escuchan risas, las carcajadas del vecino. Solo a ella se le ocurre haberle ido a tocar. Esa propensión a la vulnerabilidad innecesaria. La cabeza le da mil vueltas. Regresa a su departamento, descalza, apenas envuelta en una bata y se da cuenta entonces del ridículo que ha hecho. Y lo peor es que Daniela ha sumado un miedo más. ¿Se puede vivir en una

ciudad como esta sin reaccionar, con entrenada indiferencia?

Piensa en sus opciones: quedarse callada, llamar a la
policía, hablar con la junta de vecinos. ¿Y si la amenaza se
cumple y el vecino, a quien ahora puede ponerle nombre,
llamarlo Nico, le hace algo? Si pide una patrulla ahora y la
arma de tos se calmará por un rato, luego tendrá que verlo todos los días, soportar el ultraje, sentirse más acosada
aún. Puede esperar y meter su queja con la junta de vecinos, pero eso al menos le llevará dos meses. Hay un tribu-
nal civil que lleva estos casos y que busca la mediación, y
eso implicará el careo con el tipo. Puede volver a cambiarse
de casa, pero tampoco tiene la fuerza ni los recursos ahora y en lo que logra vender el depa, a dónde va a irse a vivir,
que no sea al carajo.

Después del ataque y la amenaza la semana pasada
sí habló a la policía. No como una ciudadana cualquiera,
sino con Careaga, el subprocurador especial contra la delincuencia organizada. Fue a verlo cuando pudo, dos días
después, reponerse del susto. Al fin y al cabo, le parecía que
de eso se había tratado. La frase del asaltante, o de su po-
tencial asesino, como le dijo el subprocurador, había sido
muy clara.

—Te lo dije hace tiempo, Daniela, deja de meterte con
Sansón a las patadas —la recriminó Careaga siempre adicto a las frases hechas—, un día de estos a alguien se le pasa
la mano y no la cuentas.

—Menuda ayuda, Gerardo. No vine a verte para que tú
también me intentes intimidar.

—No es amenaza, para nada. Vamos a hacer todo lo
posible por encontrar a quien buscó amedrentarte o casi
te mata. Hay cámaras no en tu edificio, pero en el de junto. Ya hay gente encargada. Pero harías bien en irte unos
días fuera, a descansar. Una playa. Olvidarte de todo esto.

—No estoy para irme a una playa. ¿Se te olvida que me corrieron del periódico? Ahora me tengo que rascar con mis propias uñas y me pagan casi por palabra. O publico o no como.

Así más o menos recuerda la conversación. Condescendiente al final, siempre interrumpiéndola, queriendo solucionar el asunto sin darse cuenta de la gravedad. Este ya es el país más peligroso para ser periodista. O para ser un simple ciudadano. El mes pasado fue el más violento en veinte años. Dos mil ciento ochenta y seis homicidios según las cifras del gobierno. Setenta muertos cada día. Tres cada hora.

Por poco y le toca a ella venir a aumentar la estadística.

Tal vez sea mejor hacerse de la vista gorda —otra frase común—, y dejar que el vecino tenga sus fiestas. Tal vez se le olvide la vecina inoportuna que no puede dormir.

Lo cierto es que sigue la cumbia y continúa su insomnio.

Enciende su computadora portátil y entra en su Facebook.

Óscar, su amigo hacker, como ella le llama, la ha prevenido desde que empezaron los problemas en el periódico y las amenazas de muerte: nada de publicar cosas personales. Nada de decir dónde estás o a qué eventos vas a asistir. Puedes poner ligas a tus artículos, postear cosas de tus amigos periodistas y ya. Cierra Instagram, cierra todas las redes que puedas.

Ella le contestó que no podía cerrar ni Twitter ni Facebook, le explicó como si no supiera que ahora vivía de ser una periodista online.

—Mientras más seguidores, mejor.

—Nada más que entre tus seguidores están quienes te quieren chingar, no se te olvide.

Así que su Face es como un pueblo fantasma. Semanas sin nada más que la liga a su último artículo, sobre el caso en Neza de Valeria, la niña de once años violada y asesinada en una combi. Su supuesto agresor se suicidó en el penal. Da un clic a inicio para leer lo que sus amigos han posteado. A esa hora de la madrugada el mundo se siente más lento.

Hasta el pánico parece vivir en cámara lenta.

El sueño casi logra vencerla. Se espabila. Piensa en la violencia innecesaria del vecino, en la intimidación directa de *levantarla* y violarla. A este país ya se lo llevó la chingada.

Cuando el director del periódico la amenazó con correrla la última vez que lo vio, porque a los quince días ya ni la dejaron entrar, le pareció que en buena medida el problema era que México se había convertido en un país de cobardes.

—Daniela, por última vez, cambia el tono de tus textos, vuelve a ser la reportera que sabes, a la que contratamos. Has perdido toda la objetividad. Te he dicho que no creo en el periodismo justiciero. No nos toca a nosotros sentenciar a nadie ni buscar culpables.

—Eso podría ser en otro país y en otra época, Jorge. Las cosas no están para la neutralidad ni la asepsia. Nos tenemos que manchar las manos, si es necesario. Es preciso denunciar. Es preciso ir hasta el fondo de la verdad. Y ni modo, nos toca a nosotros encontrar a los culpables si el sistema los encubre.

—Hazle como quieras, yo ya te previne. De mi lado es la última vez que puedo publicarte algo así.

—Pinche país de cobardes, Jorge. ¿Tú también ya te dejaste comprar o te mueres de miedo?

—No te voy a contestar, no voy a entrar en tu juego. Ya te lo he explicado hasta el cansancio. O le cambias o se acabó.

—¿Órdenes de arriba?

—Buenas tardes, Daniela. Ya te ibas —terminó y se volteó a ver su computadora, ignorándola. Poco después le dijeron adiós.

Al menos en el periódico se sentía protegida. Una sensación del todo subjetiva, claro. Pero algo le hacía sentir que el peso del nombre del diario la resguardaba de que se materializaran las amenazas, por miedo al escándalo. Ahora estaba del todo sola.

Como quizás estuvo siempre.

Empieza a navegar por sus sitios preferidos, con los ojos llorosos, agotada, pero sin poder aún conciliar el sueño. Empieza con los medios internacionales, quizá para olvidarse del lugar en el que vive. *El País*, *Le Monde*, *The Guardian*. Tampoco es que haya consuelo alguno en las noticias de otros lugares. Lee sobre una pareja de adolescentes de catorce años que mataron a la madre de ella y a la hermana de trece. Todo empezó como un juego, según declaran sin arrepentirse, dos años después en el juicio que los condenará a más de veinte años de cárcel. El novio le acuchilló el cuello a la suegra y luego asfixiaron a la hermana.

Después hicieron el amor, se bañaron y se pusieron a ver series de televisión en la madrugada, como si en el mismo lugar no estuviesen los cadáveres de sus familiares. Los cadáveres que ellos mismos, en medio de su inconsciencia, habían producido horas antes. Mira la foto de los adolescentes, ahora de dieciséis años, con la vista en el vacío, apuntando a un abismo insondable del que no se obtienen nunca respuestas.

Un abismo que engulle y te succiona y del que nunca vuelves.

En el departamento de al lado tampoco descansan. Escucha gritos en medio de la música, alguien parece romper un vaso o algo de cristal. Carcajadas. No tiene siquiera sentido ponerse la almohada sobre la cabeza. Nada amortigua el ruido. Nada parece calmarlos.

La fiesta es también una forma del abismo.

Lee una nota sobre el espionaje a periodistas. Lo ha sabido siempre: se encuentra vigilada cada segundo. Según el *New York Times* el gobierno le compró a Israel un sistema, *Pegasus*, para infiltrarse en las cuentas de correo electrónico, las computadoras y los celulares. Ahora quizá la atención sobre el caso al fin pueda escalar. Hace dos años que se sabe de sobra esto en México. Varios de sus amigos lo publicaron, sin eco alguno. Ahora aparecen allí los nombres de los más prominentes. A su amigo Genaro Lozano se le metieron en todas sus cuentas. La lista es larga. Le puede hablar a Sergio Aguayo si quisiera ahondar en el asunto, pedirle otros nombres, Denisse Dresser, Carmen Aristegui.

¿Escribiría ella misma sobre el tema, solo por perturbar más a quienes la persiguen? No es su tema. Pero a veces solo si se repiten las cosas suficientes veces se terminan por escuchar. No solo espían a la prensa escrita, se han metido con todos: televisión, radio, activistas sociales. Han espiado a políticos de la oposición. Nadie se salva del ojo cibernético de un gobierno temeroso de su legitimidad, que ha perdido el rumbo. Un gobierno que ha hecho de la impunidad su vida diaria. Óscar ya la había prevenido de que la tenían intervenida.

—Saben todo de ti. Te siguen electrónicamente, que es peor que seguirte en la calle. Todo lo que escribes, todos tus mails. Casi me atrevo a decir que saben lo que piensas antes de que tú te des cuenta.

—O antes de que yo lo piense —bromeó en aquella ocasión, mientras tomaban un vino y quesos y él había venido al departamento a revisar su computadora y su red.

—Antes hubiera revisado si habían puesto algún micro o te estaban grabando. Ahora es peor, no necesitan eso si tienen la cámara de tu computadora, o si intervinieron el celular.

Daniela cierra la computadora y la deja de lado, en la cama deshecha. Acomoda la almohada que está caliente y aplastada. La voltea. El frío de la tela la reconforta.

Al fin puede, por un rato, cerrar los ojos.

2

5:23 a.m.

La primera vez fue el instinto, no el placer, lo que lo movió a actuar. Iba caminando por la calle y miró la escena, lleno de ira. El tipo ni siquiera se inmutó de que tuviese testigos. La chava iba caminando como si nada, regresando del colegio, falda a cuadros, calcetas, la mochila colgando de un hombro. Coletas. ¿Cuántos años? Quince, dieciséis a lo sumo. El hombre como un predador, esperándola; guarecido por la esquina del callejón. Colonia Doctores. Cerca de los deshuesaderos donde compran y venden partes robadas de coches. Él había salido del hospital. Otra visita *de rutina*, si estarse muriendo puede ser una rutina. Bueno, pero nos estamos muriendo de forma distinta todos los días. El hombre dio un salto, agarró a la niña por el cuello, le tapó la boca, maniatándola, y la metió al callejón. Milésimas de segundo. Ella forcejeaba, intentaba en vano el grito, el hombre casi la asfixiaba.

Él todavía estaba demasiado lejos para actuar. Los perdió de vista. Escuchaba los golpes del hombre sobre el cuerpo de la chava. El sonido lo enardeció. Fue entonces que actuó por vez primera, apresurándose. El hombre estaba sobre el cuerpo de la niña, maniatándola. Las piernas en vano intentan liberarse, patearlo.

El hombre la estaba violando y mientras lo hacía continuaba golpeándola. Todo ocurría a una velocidad que lo asombraba. Lo terrible ya ha pasado, se dijo y sin pensarlo sacó su arma y descargó dos balazos sobre el hombre.

Escuchó su grito.

Miró la sangre.

La chava lo empujó, desafanándose de ese abrazo forzado, y lo miró. Lo miró con tanto miedo como debió haber visto a su verdugo. Con un gesto del arma, él le dio a entender que corriera, que se fuera de allí, que desapareciera.

La miró alejarse, con la ropa destrozada, la cara llena de moretones. La miró irse llorando, presa del pánico y de la rabia. Una rabia contenida, como la suya.

Él guardó la pistola y se alejó, observando a su alrededor sin mirar si lo veían. Solo se alejó, hacia el otro lado de donde había huido la joven.

El violador allí tirado, él esperaba que bien muerto, camino del infierno donde se achicharraría.

Los muertos no hacen ruido.

Esa fue la primera vez. Nada premeditado. Nunca se le había ocurrido que podía él hacer valer la justicia. No tuvo miedo, porque no era consciente, mientras ocurría, de las consecuencias de matar a un hombre a bocajarro en plena calle. De eso ya hace seis meses. Se le empieza a hacer costumbre, le da un placer especial.

Una cosquilla, como una comezón. Igual para eso vino a la tierra, para despejarla un poco de cabrones. Se acuerda del consejo de su padre, sin embargo:

—No se quiera pasar de listo, siempre hay un cabrón más cabrón que uno.

Mientras llega ese día, se dice. Por ahora no le importa. Nada importa cuando de todas formas tú tienes tus días contados por la enfermedad. ¡Al menos que sirva de algo vivir desahuciado!

Su padre, el general, no cumplió con su propio consejo. Se quiso pasar de cabrón y se lo echaron, o por lo menos esa es la versión que más le convence de su muerte, hace ya veinticuatro años, en Guadalajara. Lo habían asignado a esa zona militar como comandante, y se involucró con los capos. Lo mataron una semana después del cardenal Posadas Ocampo. Quizá los mismos. No porque supiera demasiado, sino porque estaba metido hasta las manitas con uno de los cárteles. Le encontraron armas y coca y mucha lana en su casa. Fausto todavía trabajaba como judicial cuando le avisaron que el general había sido *ultimado* en su domicilio. A su padre le encontraron un arsenal dentro de la casa. Se lo echaron el primero de junio de 1993, antes de que lo investigaran y de que quizá, para salvarse, delatara a sus cómplices. Eso es lo que él ha pensado siempre. Se lo trajo en una caja. Sus cenizas. Las tuvo un rato, mientras pensaba si lo podía perdonar. Cuando se dio cuenta de que podía más el encabronamiento que la sangre decidió deshacerse del general. Ninguna ceremonia. Por el wáter. Las cenizas solo son lo que queda de los huesos. Lo demás del cuerpo se lo lleva el aire, desaparece sin dejar rastro. Como humo. Jaló y sin ningún aspaviento se fue el kilo ochocientos gramos que habían sido los huesos de su padre.

La bronca es que no se quita uno de la cabeza fácilmente la traición.

Y el general era un manojo de mentiras que le impedía a él seguirse dedicando a combatir el crimen organizado. El crimen organizado está dentro, infiltrado hasta lo más hondo del gobierno. ¡Qué desperdicio haber estudiado ingeniería en la Escuela Militar, como quería el general, y luego haberlo dejado por la criminología! Un desperdicio también haberse arriesgado todos estos años en la calle para ser un digno heredero del general.

Heredero mis güevos, piensa. Nada tiene él de ese hombre que le prestó su esperma a su madre. Y nada le queda tampoco de su madre, muerta de cáncer, pinche enfermedad genética, cuando él tenía quince años. De eso sí es heredero.

Bueno, de ella al menos tiene el recuerdo y la metástasis.

Del general, solo rencor. Mucho rencor. Una rabia que no lo deja dormir, aún ahora, cuando él casi llega a la edad que su padre tenía cuando lo mataron para tenerlo chitón por los siglos de los siglos.

Los últimos meses, desde el diagnóstico, han pasado veloces gracias a esa inconsciencia; de lo contrario se le hubiesen hecho lentos, de la chingada. Dos días después de esa primera vez en que descargó la pistola vengando la suerte maltrecha de la muchacha en la Doctores, se dio de bruces con la historia de la periodista amenazada de muerte y corrida de su diario. No existe la casualidad, se dijo mientras leía en las páginas de otro periódico el artículo. La foto de la mujer le atrajo. Pero en realidad fue el apellido. Nada común. Cuando estaba destacado en Tampico y era un militar demasiado joven, uno de sus casos se fue al traste. Augusto Real. Lo secuestraron. La familia, a pesar de haber sido alertada contra ello, pagó el rescate, pero se lo echaron. Fausto y su comando no pudieron hacer nada. Lo cortaron en pedazos y lo tiraron cerca de Matamoros.

No fue difícil investigar si Daniela Real era la hermana de Augusto. Recordaba vagamente que había una hermana. Le quedaba un amigo, de su época en la procuraduría, el Tapir, y no solo le consiguió la dirección actual, corroboró que era de Tampico y que había perdido un hermano en la época de Osiel Cárdenas y el Cártel del Golfo. Pudo espiarla —en ese momento solo le pareció prudente estar cerca, a cierta distancia, ofreciendo la protección de su mirada— y seguir sus pasos. Al menos eso le debía a Daniela o a Augusto, a quien nunca pudo olvidar. Después del temblor —¿tres semanas?— pudo rentar un departamento en su edificio. Se mudó con las pocas cosas que tenía de Santa María la Ribera a la Narvarte y empezó a estudiar el barrio y a entender de dónde podrían venir las amenazas a Daniela Real.

Hasta hace una semana cuando, preocupado por no escucharla en su departamento, se materializó del otro lado de la puerta. Había estado esperando por dos horas el regreso de la periodista, quien nunca llegaba después de las diez, y le parecía raro que aún no estuviera en casa. Por ello salió a comprobar su paradero. Su presencia asustó a quien estaba a punto de matarla.

En este país nada pasa porque sí, piensa Letona. No pudo tratarse de un delincuente cualquiera. Alguien muy cabrón quiere su cabeza.

Ha leído muchos de sus artículos, todos están en línea. «Geografía de los feminicidios», se titula uno de los que más le han preocupado. Quizá porque empezó su vida de medio muerto salvando a una víctima como las que Daniela Real investiga cuando ya es demasiado tarde, cuando son un número, una estadística, en lugar de un nombre y una vida posible, un futuro. Trescientas sesenta y nueve mujeres asesinadas este año. Mil novecientas ochenta y cinco el año anterior, según la investigación de Daniela. El mapa del país lleno de puntos donde han caído muertas, descuartizadas, quemadas, acribilladas, violadas. Mujeres que han muerto por abortos clandestinos. Por violencia de los esposos, los amantes, los padres. Mujeres traficadas, mujeres mutiladas en los genitales. Asesinadas en un callejón por desconocidos. Recuerda las palabras de Daniela en el artículo.

«Al principio tenía pesadillas. No podía dormir en las noches. Luego me di cuenta de que tenía una misión, al darle nombre a los números, al visibilizar a las víctimas silenciadas para siempre».

Desde que lo leyó, a Fausto Letona le entraron ganas de sumarse a esa labor, aunque fuera desde el anonimato, protegiéndola de las amenazas de muerte. Pero no podía estar siempre junto a ella sin parecerle también sospechoso, uno más de quienes pueden atentar contra su vida.

No el salvador sino el verdugo.

Debía ser más cuidadoso ahora que ella lo había visto de frente, el vecino aparentemente ingenuo que la salvó por suerte. Pero de esa forma tenía ahora un pretexto para acercarse, preguntarle al menos cómo está después del pinche susto.

Viene de regreso de Toluca. Ha estado, a su pesar, un día entero fuera de la Ciudad de México, encargándose de un trabajo bien pagado. Desde hace tiempo se dedica a cobrar préstamos de agiotistas. Cobrar es demasiado dulce. Digamos que exprime a los deudores para que paguen. De algo tiene que vivir. Le ha tocado el peor lugar del autobús, junto al baño que huele a amoniaco y perfume barato. Pero siempre prefiere viajar atrás. La mayoría del pasaje va dormido, nadie le hace caso a la película, una pendejada gringa de un tipo que escucha a Dios, o algo así. Él tampoco ha puesto mucha atención. El motor del autobús tampoco lo deja dormir y necesita descanso, se lo merece. Dormita, como todos, entre los tumbos del autobús y la pinche carretera.

Salió de Atenco en el Flecha Roja hace como veinte minutos. Se detuvo en Tultepec y subieron otras personas. Está lleno. Casi cincuenta pasajeros.

Acaban de pasar por La Marquesa.

Cuatro hombres se levantan a la vez, lo que lo desconcierta y alerta. Iban sentados en distintos lugares del autobús. Empiezan a gritar y sacan sus armas. Continúan las amenazas, algunos jalones de cabellos mientras despojan a la gente de celulares, carteras, relojes, collares. Solo se escuchan las voces de los asaltantes, nadie protesta, nadie se mueve. Todos maniatados por el miedo. Siempre le ha parecido increíble la capacidad del ser humano para congelarse por el pavor. Sabe que tiene poco tiempo y que de todas formas se la está jugando porque son cuatro. Pero la oscuridad le ayuda. Los gritos y el movimiento en el pasillo le permiten identificarlos. Dispara y cae el primero. Casi de inmediato dispara al segundo y al tercero que se ha volteado y no alcanza a reaccionar. El último, que como en la Biblia es el primero, le grita al chofer que detenga el autobús y abra la puerta. La sorpresa le ha ayudado a ultimar a los rateros. El chofer obedece y el cabrón intenta escapar.

Fausto Letona le apunta. Necesita dos disparos para que finalmente caiga. Luego lo alcanza y le da una patada, volteándolo para ver si está muerto y toma la mochila con lo robado.

No sabe de dónde le sale la voluntad, pero vuelve al autobús y baja él mismo los cadáveres de sus víctimas. Le pide al chofer que ayude a tirarlos en la carretera y ordena a dos de los usuarios regresar las pertenencias a sus dueños.

Cuatro minutos, cinco a lo sumo y el asunto está terminado.

—No me vayan a delatar —les dice, y le ordena al chofer que se vaya. Tendrá que buscar otra forma de llegar a la ciudad de regreso. Otro autobús lo levantará si logra caminar en medio de su propio desconcierto. Una mujer le dice con la voz entrecortada:

—Ojalá no lo agarren. Usted siga matándolos.

De dónde surge la motivación para actuar así, para matar sin remordimiento a quien está dispuesto a echarse a un inocente nomás porque sí, porque la vida no vale nada. Nunca vamos a conocer a los seres humanos, piensa. Todos los hombres que caben dentro de un solo pinche loco como él. Todas las emociones encontradas que afloran ante el miedo, el peligro o la amenaza. Una vez leyó quién sabe dónde que realmente no sabemos nada de la vida en este planeta. Los biólogos han catalogado, decía el artículo, menos de dos millones de especies de animales, pero estiman que hay más de diez millones por ahí. Un chingo, la mayoría de todo lo que late y pulula y come y mata y es capaz de herir permanece totalmente desconocido. Todo lo que late pulula, come y mata en su propia alma. Él empieza a conocer a ese loco que lo habita.

En este momento solo están el frío y la tierra bajo sus pies. Lo demás no existe, y a él le vale madre.

3

7:42 a.m.

Despierta. Hace tiempo que no se sentía tan cansada.

Todas las noches son noches de pesadillas, amanece sudada, sin recordar quién la persiguió en el sueño, pero sobresaltada, presa de esa mezcla de premonición y absurdo con el que se regresa del inconsciente. Reconoce poco a poco su recámara, las cosas en el cuarto. El buró lleno de libros, la computadora y el celular acompañándola en la cama, como si fueran potentes armas y no meros aparatos, silenciosos e inofensivos, apagados. Cierra y abre los párpados. Bosteza, se estira, quisiera volver a dormir, pero sabe que es imposible.

Una cosa es regresar al mundo y otra muy distinta querer hacerlo. Recuerda un cartón de Mafalda en el que la niña se niega a bajar de la cama, colocarse las pantuflas, volver a la realidad.

El sueño para ella tampoco es un consuelo.

Hace un repaso, entonces, no del lugar en el que está, sino de lo ocurrido antes de quedarse dormida por tan pocas horas. Recuerda, de golpe, el pleito con el vecino, los gritos, las amenazas y aún le parece más pesado volver a enfrentarse con la selva espesa de lo real. Se dice esa frase y le gusta, como si por fin hubiese hallado una metáfora no gastada, un pensamiento original. Ese es otro de sus malestares, sentir que se le pudre la prosa, que sus artículos cada vez son más directos y simples pero que ha perdido la sutileza de antaño, que sus piezas son perfectamente olvidables. Y es que de qué carajo le sirven las palabras cuando se ha puesto al servicio de las víctimas, en contra del horror. Se olvidan sus palabras, pero no los hechos. Eso es lo que importa.

Pero un poco de belleza no estaría mal del todo.

Un poco de belleza en medio de la selva espesa de lo real.

Mente de chango, mente de macaco, saltando de una rama a otra, le decía su maestro de yoga. Ahora tampoco tiene tiempo para ir a clases.

Al fin logra levantarse.

El ruido de la regadera, la promesa del agua hirviendo sobre el cuerpo deshecho la reconforta mientras se desnuda. Mira su cuerpo en el espejo. Un cuerpo que alguna vez le gustó, cuando había dejado atrás los tiempos de la duda, los tiempos de pensar en los demás. Ahora le parece demasiado delgado, casi enjuto por las preocupaciones. Se toca los pechos, los palpa como le enseñó su ginecólogo hace tiempo, en ese esfuerzo de autodiagnóstico que raya en la hipocondría, buscando un tumor, descartando un tumor.

¿Hace cuánto tiempo no se tocaba, no se miraba al espejo?

La otra que es ella misma y la mira no le agrada. Es una desconocida. En eso radica el pánico, en convertirte en un extraño de ti mismo. El vapor termina por ocultar su imagen y llenar el cuarto de baño entero.

Solo entonces se coloca debajo de la regadera y el agua la envuelve, la rodea, la cobija. Se deja estar así durante un rato interminable sin moverse siquiera, debajo del chorro hirviendo.

Como si allí dentro, húmeda, al fin desapareciera.

No sabe cuánto tiempo después, ya bañada y seca, se viste. Una rutina que ella ha simplificado al máximo. Tiene dos tipos de ropa en tres colores. Las mismas blusas, en blanco, azul claro y negro. Los mismos pantalones de mezclilla. Dos sacos y tres suéteres. Y dos pares de botas. Botines. Siempre negros.

Se coloca una dona en la coleta después de peinarse meticulosamente, echando el pelo hacia atrás. Sin maquillaje. Nunca usa maquillaje.

El mismo par de aretes. Nada de pulseras, ni relojes, ni anillos. No soporta nada en las manos ni los brazos.

Tiene hambre. Pero también siente la desesperación del encierro y hay una conferencia de prensa con el subprocurador que no quiere perderse. Para ella es una especie de actuación. La primera vez que asiste sin estar acreditada por ningún medio. Es también una afrenta, una declaración: a mí no me callan, a mí no me sacan de la jugada así de fácil.

Aquí estoy. No me muevo.

Daniela abre la puerta para ir por un café y algo de desayunar. Necesita salir del encierro y cree que esa hora de la mañana es segura. Ha dormido menos de dos horas y necesita cafeína casi como respirar. La ciudad estará adormilada, la luz ahuyenta el miedo. Habrá gente en la calle. Lo que mira la hace pegar un grito: alguien ha tirado un pájaro negro muerto, destazado, en el piso. Daniela grita. Vuelve a gritar sin poder contenerse mientras mira al ave desplumada y se lleva las manos a la cara sin poder tapar del todo la atroz escena que una vez más busca intimidarla.

Nadie parece reaccionar a sus gritos, como si de pronto el edificio estuviese vacío, abandonado. Repentinamente el otro vecino nuevo, el del piso de arriba, hace su aparición, ahora a la inversa que cuando la salvó del asaltante. Viene entrando de la calle, subiendo la escalera al tercer piso, agitado, sudoroso, maloliente. Mojado. Hasta ahora se da cuenta al verlo de que afuera llueve. Ella percibe esas tres cosas de golpe, en una rara sinestesia: el rostro agobiado del hombre, la fetidez del olor, las ropas húmedas. Se detiene frente a ella y reacciona con sorpresa y desagrado ante el cuadro que contempla: Daniela con la bolsa cruzada en los hombros, a punto de salir —eso cree él— y la sangre y los restos del ave desplumada y muerta. Lo que menos esperaba era encontrarse con alguien a esa hora, de regreso.

Fausto sabe que nadie puede intuir lo que ha ocurrido recién en el autobús que lo traía de regreso a Toluca, pero siempre ha pensado que la muerte se huele, que es imposible ocultar el aroma de lo que empieza a descomponerse apenas perece. El cuerpo se descompone velozmente, solo necesita tres días para apestar, lleno de gases y venenos. Movió los cuerpos, los sacó arrastrando del autobús, pero procurando no mancharse de sangre. De todas maneras, al llegar a la terminal entró al baño y se lavó la cara y las manos como un maniático. Sabe que nada lo delata, y además ahora le preocupa más lo que mira enfrente en el umbral del departamento de Daniela. Le da un repentino coraje haberse ausentado. La observa, milésimas de segundo apenas, y mira el rostro contrito, desesperado por el terror. Atina a decirle:

—¿Y ahora qué chingao? —se corrige después de haber pronunciado la palabrota—, ¿qué pasó acá? ¿Le puedo ayudar en algo, vecina?

—Daniela, por favor. Daniela Real. No tengo idea. Iba de salida y me topé con este cuadro. Me quieren amedrentar, que sienta miedo, que me calle.

—¿Quiénes? —se atreve Letona y luego se presenta—: me llamo Fausto, soy su vecino del piso de arriba.

—Usted siempre se aparece en mis momentos de pánico. Se lo agradezco.

—Para lo que se ofrezca. Al menos ahora no hay alguien amenazándola con un arma.

—Esta vez creo que fue el vecino de acá al lado. Ayer tuvimos una bronca de la fregada.

—¿Y antes? ¿Quién cree que la amenaza?

—Soy periodista. Ya ni siquiera sé quiénes son mis amigos y quiénes mis enemigos. Me he metido con mucha gente.

Ella golpea con el puño la pared, junto a la puerta. Contempla la siniestra escena y vuelve a golpear más fuerte. Él la interrumpe:

—A los poderosos es mejor no tocarlos. Siempre se salen con la suya. Y sus artículos pueden herir, pero no matan. ¿Dónde escribe?

—Me corrieron del periódico donde trabajaba. Ahora publico en páginas electrónicas, donde se puede. O donde les interesa la verdad.

—Así que esto pudo haberlo hecho cualquiera, ¿cómo sabe que fue el vecino?

—Porque es demasiado obvio. Demasiado pronto después de que le pidiera que le bajara a su música. No podía dormir. Usted no estaba, pero sus fiestas duran toda la madrugada.

—Los he oído, pero claro que no vivo al lado.

—Exacto. Todos los fines de semana es lo mismo. Pero empieza desde el jueves, quién sabe cuántos invitados, ruido del carajo.

—¿Y por qué no mejor reportarlo a la policía?

—¿Al Buldog? Perdón, así le digo. Demasiado tarde, ¿no cree? Ya la regué y pensé que era mejor pedirle de buen modo que le bajara al volumen. No crea que le grité ni nada por el estilo. Hasta su pareja, o su novia estaba sacada de onda. O drogada, ya ni sé, pero se quedó como una estatua, petrificada, mientras el tipo me gritaba de todo.

Le cuenta lo ocurrido. Con lujo de detalle le refiere cómo la amenazó con violarla y levantarla. Con desaparecerla.

—¡Qué cabrón!, si me perdona. Si quiere yo me encargo, ahorita mismo le toco y le hago ver que usted no está sola en este edificio.

—No, Fausto, ni se meta. Mejor así lo dejamos. No creo que se atreva a más. No dicen que perro que ladra…

—Como usted quiera. Pero igual hay que darle un susto para que no intente nada más. Ante la gente violenta no hay que mostrarse débiles.

—¡Quién sabe cuánto tiempo tengamos que convivir con él! Mejor no, ahí la dejamos. Por favor.

—¿Va de salida? —le pregunta señalando la bolsa.

—Iba. Necesito un café, no dormí nada, como comprenderá. Usted también se ve cansado.

—Tuve trabajo fuera de la ciudad. Me haría bien un sueñito, la verdad. Si quiere la acompaño hasta donde vaya. Igual así se siente más tranquila.

—No es necesario. Creo que mejor me tomo el café dentro, ya no estoy para salir a ningún lado.

—Si me presta una bolsa nos deshacemos del pájaro y medio limpiamos la puerta. Yo necesito darme un baño y dormir, aunque sea una siesta. Esta ha sido una mañana muy difícil.

Daniela asiente y regresa con una bolsa de plástico que Fausto utiliza como guante y recoge al ave y las plumas y le dice que cualquier cosa que se le ofrezca estará un buen rato arriba, que le toque con confianza.

Ella asiente y sigue tallando la puerta que va quedando poco a poco limpia de sangre como si nada hubiese pasado.

4

10:30 a.m.

—Las cifras pueden parecer alarmantes porque son números agregados y la acumulación siempre espanta. Les puedo asegurar que, en términos reales, la cantidad de mujeres desaparecidas ha disminuido significativamente —responde el subprocurador— y son comparables a las de los hombres.

Ella se ha sentado en primera fila, desafiando todo lo ocurrido en las semanas anteriores. Es la única que no pertenece a un medio acreditado. Se ha fabricado un gafete con su nombre y la leyenda *periodista independiente*. El propio subprocurador Careaga se lo había advertido: *Te van a destruir si no paras, Daniela*. Luego publicó su último reportaje en el periódico y ese mismo día la corrieron sin más explicación. Un guardia tenía sus cosas en la entrada y ni siquiera pudo pisar la redacción. Antes de iniciar la conferencia de prensa el subprocurador la miró fijamente. Daniela no supo si con compasión o con algo parecido al rencor, pero permitió que asistiera. Luis Quintanilla, de *Excélsior*, le había dado una palmada en el hombro, sin atreverse a decir nada, pero luego el morbo pudo más y le preguntó, sentado en la segunda fila detrás de ella, en qué medio colaboraba ahora. Las palabras escogidas para no herir. *En ninguno, freelanceo*, contestó ella y sacó su libreta de notas.

Entonces el subprocurador responde, incómodo, a una pregunta suya:

—Me da gusto que siga en la línea de fuego, Daniela —ironiza primero, varios periodistas ríen—, las cifras oficiales nos hablan de veintisiete mil seiscientos cincuenta y nueve desaparecidos de 2007 a la fecha. Pero insisto, son números agregados. De hecho, del fuero federal solo tenemos registro de quinientos ochenta y nueve que corresponden a esta administración.

—¿Y esto incluye a Yvonne Torres, subprocurador? —Vuelve ella a la carga.

—No. Usted lo sabe mejor que nadie, Daniela. Los familiares y nosotros seguimos a la espera de una noticia positiva. No han pasado siquiera las cuarenta y ocho horas de ley. Muchas personas no han desaparecido, solo se han perdido. Temporalmente. Otros eligen desaparecer, por los más diversos motivos: dinero, amantes, una amenaza que no pueden denunciar, un pleito incluso menor con sus padres.

¿Y cuál es el destino de quienes se han perdido para siempre?, piensa Daniela.

—No más preguntas —cierra el subprocurador, y los periodistas abandonan la sala con un par de hojas engrapadas y las cifras oficiales en varios cuadros a colores.

Yvonne Torres, con nombre y apellido, se resistía a pertenecer a una estadística.

Luis Quintanilla la detiene y le ofrece:

—Me dicen unos amigos de *Animal Político* que los busques, que quieren invitarte a colaborar. Digo, algo es algo cuando andas buscando chamba —le da una tarjeta con los nombres y los teléfonos—, el director y el jefe de redacción, cualquiera de ellos. ¿Los conoces?

—Sí, este es un mundo chiquito. Pero nunca hemos hablado, ni se me ocurrió buscarlos.

—Ya ves, para eso estamos los cuates, ¡cuídate mucho! —le previene.

De un tiempo a la fecha todo mundo le aconseja que se cuide.

Pero ella sabe bien que no hay precaución posible contra sus actuales enemigos. Te salvas porque quieren o te toca porque a ellos también se les dio la gana de borrarte de un plomazo. Apenas se repone de cómo asesinaron a Javier Valdez, obligándolo a hincarse en la calle. Cuando habló a su periódico en Culiacán, para darles el pésame, le sorprendió la respuesta del jefe de redacción:

—Fueron benévolos, Daniela. A lo mejor hasta quien se lo echó era uno de sus informantes. Le ahorraron el sufrimiento. Es muy raro que no lo levantaran y lo estuvieran torturando por días, chingándolo de a poquito, hiriéndolo con pinche saña. A Héctor de Mauleón lo amenazan todos los días. Todos los días, como tú, amanece pensando que pueden hacer efectiva su intimidación. Y todos los días escribe.

A ella más temprano que tarde, está segura, sí la *levantan*.

Daniela Real se despide de Quintanilla y de los otros, mete la grabadora en la bolsa, se arregla la blusa y sale. Es casi la última. Dos guaruras escoltaron a Careaga fuera de la sala de prensa, como si los periodistas fueran capos, sicarios, asesinos. *Procuraduría General de Justicia*, el nombre y el logo decenas de veces pintados en la pared detrás del escenario. El nuevo teatro del mundo en tiempos del *Estado fallido* o, como ella prefiere, el Estado *seguritario*, para el que se despliega una infinita violencia, y una también interminable cantidad de recursos para defender al ciudadano de la inseguridad que el propio Estado provoca. Cada vez le da más náuseas su propio trabajo. La imposibilidad.

Cuando está a punto de abandonar el edificio una mujer la detiene.

—¿Daniela Real?

—Sí, ¿qué se le ofrece?

—El subprocurador Careaga necesita hablar con usted, ¿me acompaña?

El despacho de Gerardo Careaga tiene tres paredes de cristal, como una pecera, el escritorio es enorme, un alarde de poder. Daniela ha estado allí varias veces antes, especialmente en su época de reportera *estrella*. La enorme bandera de México, la foto del presidente. Careaga siempre se levanta de la silla, la saluda con un beso y se pone enfrente de ella, apenas recargado en el borde del escritorio, mostrando su lado de macho alfa. A Daniela eso le molesta menos que el coqueteo descarado, las viejas proposiciones incluso de pasar un fin de semana juntos, *así te relajas, soy muy bueno dando masajes*. No solo Careaga. Nunca ha entendido esa predisposición de los hombres al burdo acoso. Ella lo ha cortado siempre por lo sano, lo ha puesto en su lugar. Siguen llegando los enormes ramos de rosas de Careaga cada cumpleaños, sin falta. Una rosa más cada año, sin olvidarse de la edad. Imagina a su secretaria teniendo la encomienda de cumplirle los caprichos al *licenciado*, de conseguirle reservaciones de última hora, llevando su agenda paralela. Ella ya cayó en desgracia, eso lo sabe. Por eso le extraña que la haya llamado en privado a su despacho.

—Erraste la vocación, Daniela —le dice esta vez sin saludarla, sin levantarse de la silla, sin aparente acoso—. Debiste haber sido policía. ¿Te imaginas sentada de este lado, con todo el poder para encontrar a los culpables? Te encantaría encerrarlos, verlos pagar. Eso es lo que te excita en realidad, que paguen, que sufran. ¿O me equivoco?

—No tengo idea a qué viene todo eso, Gerardo, pero te aseguro que lo último que se me pasa por la cabeza es estar sentada en esta oficina manchándome las manos de mierda.

—Lo siento. Se me olvidaba que estaba hablando con la Mujer Maravilla.

—¿Para eso me llamaste, para mostrarme tu cultura literaria?

Ella se levanta. Toma un pisapapeles de obsidiana, una flecha, y lo acaricia, se lo apunta al corazón. El subprocurador se lo arrebata, como si le quitara algo preciado y le dice:

No estoy para bromas, *periodista independiente*. Te llamé porque te aprecio y porque no entiendes que te va a llevar la chingada y que nadie va a poder defenderte.

—Me sé defender sola.

—No me des risa, Daniela. Te metiste con quien no debías. Por eso te corrieron. Por eso te amenazaron el otro día. Salvaste el pellejo, pero no te puedo asegurar que por mucho tiempo.

—¿Sabes algo? ¿Encontraron al tipo?

—Es difícil atrapar a alguien con evidencias circunstanciales.

Evidencias circunstanciales, daños colaterales, siempre le ha impactado a Daniela cómo los políticos usan esas frases para salirse por la tangente.

—Tú mismo sugeriste que podría haber imágenes de las cámaras del edificio de junto. Es la única forma. Yo no podría reconocerlo. Con esa oscuridad, agarrándome por detrás. Estaba muy asustada.

—Pues falsa alarma. No obtuvimos nada. Al menos deja que te ponga una escolta.

—Me dan más miedo tus policías que estar sola.

—Como quieras. Pero te prevengo que haber implicado a un antiguo director del IMSS y a dos gobernadores en la trata te coloca en una posición muy vulnerable. Son demasiados enemigos.

—Y demasiadas pruebas que harías bien en investigar. Uno o dos criminales menos no limpian este país de carroña, pero al menos asustan a los otros.

—¡Qué ingenua eres, Dani! —odia cuando la llama así—. No tengo ningún poder para investigarlos, soy un modesto subprocurador, a menos que ustedes los *tundeteclas* pertenezcan al crimen organizado. Busca al fiscal para delitos contra periodistas, denúncialos en el IFAI.

—Quieres ser procurador, Gerardo. Ahí tienes un caso para ascender. El héroe que al fin logra meter en la cárcel a la red de pederastas más grande y compleja del país. Te lo he puesto en bandeja de plata.

—Dejémonos mejor de pendejadas, Dani. No estás aquí para que me digas qué hacer y sé muy bien que no te voy a convencer de que te hagas a un lado y te quedes callada. Tengo una propuesta más simple que hacerte. Vete un mes de vacaciones. Dos. Todo pagado. A donde quieras, al extranjero mejor que a ningún otro lado. Regresas cuando se calmen las aguas. Es mi forma de salvarte la vida.

Se acerca a ella, condescendiente. Le intenta acariciar el pelo. Ella desvía la cabeza, molesta por su proximidad y lo increpa:

—¿Y quién me va a pagar las vacaciones, como las llamas?

—No importa. Digamos que yo. Sin compromisos. Ni siquiera me tengo que enterar a dónde te fuiste.

—El ingenuo eres tú, Gerardo. No me vendo por un par de meses de descanso. No me pienso *hacer de lado* y no tengo miedo. Un periodista más o uno menos no cambia nada en este país, pero al menos me quedo tranquila de hacer lo correcto. Métete tus vacaciones…

Daniela se levanta sin terminar la frase y Careaga interrumpe su paso. Se coloca frente a ella, impidiéndole la salida. Luchar o huir no son las únicas opciones. En un libro sobre la capacidad de matar Daniela leyó hace tiempo que esas alternativas solo ocurren entre especies distintas. Con animales de la misma especie hay otros caminos paralelos: la intimidación o la sumisión. A ella nunca le ha gustado rendirse, así que opta por amenazarlo:

—También tengo un expediente sobre ti, Gerardo. Y no sales muy bien librado. Déjame en paz o mi próximo artículo te va a dejar expuesto para siempre, como una bestia desnuda e indefensa.

Mira la cara de desconcierto de Careaga y aprovecha ese minuto de titubeo para empujarlo de un manotazo. El subprocurador se tambalea, incrédulo, pero para cuando se ha repuesto Daniela ya ha llegado a la escalera.

5

10:40 a.m.

Ha decidido *encontrarse* con el vecino de Daniela, al que
ella llama Buldog y meterle un buen susto. Habrá que seguirlo, pero no hay tiempo para estudiar sus pasos y no
quiere que sea en el edificio. Una cosa es hacerse el aparecido, cuidar de soslayo y otra venir a golpear o amenazar a los
vecinos. Parte del éxito de su empresa, como la llama a veces, consiste en ser invisible. Como una cosa llevó a la otra
y no hubo un plan, un proyecto premeditado de convertirse en vigilante, mucho menos en fiel escudero de Daniela
Real, ahora no le queda otra que aparentar no existir del
todo. El susto al Buldog tiene que ser de tal tamaño que
mejor prefiera abandonar el edificio sin chistar. Pero no
debe pasar de ahí. Cualquier exceso lo delataría y sería él
quien se vería obligado a separarse de Daniela. Ya no la de
la foto del artículo, que lo hizo percatarse del apellido.
¿Qué le atrajo? Nada particularmente físico. Daniela le pareció delgada, menuda, ojos de ardilla y caparazón de ar-
madillo, se dijo al verla. Pero los ojos delataban a un animal
herido de muerte, vulnerable, agazapado en su propia co-
raza de orgullo y bondad. Se la iban a chingar, qué duda
cabía. Más temprano que tarde. Él, en cambio, era prescin-
dible. Un enfermo terminal que ha decidido aplicar la ley
del talión en un país de hijos de la chingada y jodidos,

donde solo los pobres y los pendejos van a la cárcel. Un *ex*, en todo: *exmilitar*, *exesposo*, *expersona* casi, sujeto a quimio- terapias cabronas que lo postraban por días. Por suerte estos eran días de descanso del veneno con el que o te matan o te curan. Pero el doctor había sido muy claro: un año máximo. Todos los días vivir de prestado. De un volado, presa de la suerte. Así que no había forma de poner en más riesgo su vida. Al contrario. Mientras solo se trataba de aplicar la jus- ticia temporal de una bala o un buen putazo tampoco se sentía realmente útil. ¡Qué pinche misión va a ser chingar- se a unos pedazos de basura! ¡Qué *empresa* más inútil lim- piar de escoria a un cuerpo que ya está jodido, condenado al fracaso! País con metástasis, país con gangrena.

Poco a poco se enteró de la vida de Daniela Real y a él, lo que quedaba de Fausto Letona, le pareció que lo úni- co lógico que le correspondía era dedicar parte del tiempo restante a ayudarle a cumplir su *misión*. Le gustaba esa pa- labra, el tufo católico, de salvación, que emanaba de la idea de que se está en la tierra para algo. No todos, claro. Hay unos que nomás calientan sus lugares, otros que estor- ban. Puta madre, cuántos solo no saben quitarse a tiempo. Otros nomás chingan y su presencia es molesta, perturba, dan ganas de echárselos de un plomazo. Hay muy pocos, o muy pocas como Daniela Real. Y, sin embargo, algo le dice que ella también tiene sus días contados. Ha leído lo que dicen los periódicos, que la despidieron, que se metió en donde no debía. Sabe lo que sus amigos en la procuradu- ría le han dicho, pero es como un gran rompecabezas al que le faltan muchas piezas. Además, por muchos lados. Un rompecabezas lleno de agujeros, como una ropa colgada a secar a la que le han metido, nomás por chingar, una bue- na sarta de plomazos, igualito que a su padre.

El general había protegido durante casi diez años a la dueña de los antros en los que se decidieron las vidas de muchos políticos y capos en Jalisco y en el país entero. Se imaginaba a su padre en el puto desmadre, con la puta de turno en el Guadalajara de Día. La Güera y su padre eran como las dos caras de una moneda. El general Letona había acompañado a los Beltrán Leyva con monseñor Prigione, el vicario del papa, otro hijo de la chingada marca madre, y habían pactado con Salinas el salvoconducto de los hermanos, clientes de la matrona, amigos de su padre. El hijo de la chingada del general Letona, su propio padre, era parte de quienes habían hundido a México en el fango.

Y mientras chuparon y cogieron y se metieron hasta la escoba pensando que eso era la vida. ¡Pinches pendejos!, se dice ahora Fausto. Eso es el pasado. Y de nada sirve vivir en el país del pasado. Lo único que ocurre es esta pinche hora, este segundo hijo de la chingada en el que o matas o te matan. Todo lo demás es silencio. Un silencio que pone los pelos de punta, no por lo que anuncia sino por lo que elimina. Mientras ocurre el silencio muere otro pendejo en este país que alguna vez se llamó México. Podría en vez de pensar, que siempre cansa, repasar los números, convertir la enorme fosa común que es su patria, en un libro de contabilidad: veintisiete mil muertos en lo que va del año. ¿Irse más atrás? ¿Ciento setenta mil desde que el güey de Calderón inició su *luchita* creyendo que iba a poder enfrentarse al narco? ¡Con un secretario de Seguridad embarrado hasta los codos: culero, matón, chupaductos de gasolina, huachicolero! Un tipo que sembraba pistas, inventaba culpables y era capaz de destruir evidencias y armar los casos como se le hinchaba, como con la francesita pendeja, Florence Cassez, a la que el secretario de Seguridad culpó de secuestro, junto con su banda, filmando una escena espectacular de rescate en el noticiero matutino. Un montaje puro. Luego la tuvieron que soltar y se regresó a su país como si nada.

Lo sigue. El vecino tiene cara de cabrón, pero es medio pendejo. Una Suburban con vidrios polarizados. Toma por Ángel Urraza hacia Coyoacán. Lo sigue en su viejo Chevy que no había sacado por semanas. Demasiado ridículo para ser el auto de un cazador urbano, como le gusta llamarse. Mejor así. ¿Quién va a sospechar que lo sigues en un coche que más bien parece una cucaracha? El muy mamón del Buldog se mete en el estacionamiento en Avenida Coyoacán y se baja a desayunar en los Bísquets. Pinches gustos. Fausto no encuentra lugar dentro del estacionamiento y tampoco puede bajarse por unos huevos revueltos y que el vecino lo reconozca. No le queda otra que dar vueltas como perro por la manzana, con la esperanza de que no se le vaya en una de esas o encuentre pronto dónde poner su auto. A la segunda ronda lo logra, un lugar vacío a dos espacios de la Suburban del vecino. Sale del coche y decide esperar agazapado junto a un puesto de gorditas enfrente. Hay una Escuela Secundaria Técnica, Cinco de Mayo. Demasiado movimiento para intentar algo, aunque ya estén en clases. Pide una quesadilla de chicharrón, algo para el hambre. Y para despistar. Pero no tiene tiempo para estarse con miramientos. Tampoco se trata de escabechárselo, solo de asustarlo. No se va a pasar los días matando cabrones como Clint Eastwood, pinche ruco pendejo. Este no vale la pena. La idea es agarrarlo antes de que suba de regreso a la camioneta, aprovechando que vino solo y que, además, está desayunando sin compañía, según puede comprobar. Chilaquiles verdes, un chingo de queso, crema, aguacate. Se le van a atragantar al pendejo.

Pero no da tiempo. Tiene compañía. Fausto no puede creerlo. Se trata de Zavalgoitia, uno de sus viejos compañeros. ¿Qué hace conversando con el Buldog? No se trata tampoco de una conversación. Lo increpa. Le grita. Zavalgoitia toma el plato de chilaquiles del Buldog y una cuchara y los prueba, como si él los hubiera pedido. Luego levanta al Buldog del brazo, con violencia. Tira un billete en la mesa y lo obliga a acompañarlo afuera.

Cuando, desde la posición ventajosa en la que se encuentra, los mira irse del local, aprovecha el semáforo y atraviesa. Tiene que llegar segundos después de ellos al estacionamiento sin ser visto. Eso le es fácil, entrar y salir sin ser notado. Se ha vuelto su segunda naturaleza. Mira la espalda del Buldog, enorme, la cabeza rapada al ras, la falta de nalgas, el caminar torpe, de pingüino; tiene razón Daniela, parece un perro malhecho. Los sigue con la mirada cuando da la vuelta al edificio de los Bísquets, rumbo al coche.

Entonces mira cómo Zavalgoitia empuja dentro de su camioneta —otra Suburban, carajo, esta blanca— al Buldog.

No tiene caso averiguar nada, por ahora. Da la vuelta, como si no se hubiese enterado de lo ocurrido y entra al restaurante por el otro lado: un comensal más, despistado, al que se le hace tarde, pero con un antojo de la chingada. En esa sucursal de los Bísquets no hay un guardia armado en la puerta, cosa rara. Va a sentarse a una mesa, pide un menú y ordena un lechero grande y unos huevos con machaca.

Otro pendejo, además, se le ha adelantado con el Buldog y le ha dado algo mucho más cabrón que un susto. Siempre hay alguien más cabrón que tú esperando a cobrarte todas las chingaderas que hayas hecho, como decía el general.

Es una ley de la vida.

Una de las pocas realmente incontrovertibles.

Le traen el vaso de leche grande, otro mesero sirve café elevando al aire la jarra de metal, como si estuviera en el circo. Uno más le trae sus huevos con machaca. Tres cabrones para él solito. Se pone a dar cuenta del desayuno como si no hubiese comido en varios días. Como si no se hubiese zampado media quesadilla de chicharrón antes de tirar el resto en el bote de basura, cuando cruzó la esquina diciéndose ahora sí, pinche Buldog, vas a ver de qué cuero salen más correas.

Se le adelantó Zavalgoitia, qué desmadre.

Las tripas le piden meterse algo, lo que sea. Le cae de maravilla el café fuerte, caliente. Pinches huevos, están ricos. Y eso que los Bísquets le parece un restaurante demasiado limpio, como cafetería de hospital.

Pinche vida, no vale nada. O al menos es lo que dice la canción.

Pero tampoco va a quedarse él todo el día esperando a ver qué pasa. Mejor pagar la cuenta y salir de allí. Ahora le toca regresar al departamento y ver si Daniela Real ha regresado de su famosa rueda de prensa. Se tiene que hacer el pendejo, si hay indagatorias, no vaya a ser el sospechoso esta vez de algo que no hizo. Sospechoso de estar mirando.

6

11:10 a.m.

Daniela Real decide no regresar a casa todavía. No tiene sentido. Está enfurecida no solo por el acoso de Careaga, sino por los mensajes que empiezan a aparecer en su celular y que repiten la amenaza de su asaltante la noche anterior. Mensajes de texto, pero también correos electrónicos de varias cuentas distintas, de teléfonos desconocidos. Todos repiten la frase: *Ten miedo de lo que crees que sabes*. Se acaba de comunicar con Óscar, su ángel de la guardia digital, como le dice a veces.

Óscar, a quien antes presentaba como su amigo gay, como si fuera un espécimen. En la prepa. Luego ella misma se dio cuenta de que era su amigo a secas y que no solo era gay, sino que se había convertido con los años en un militante, bandera de arcoíris en el balcón de su departamento, marcha del orgullo hasta adelante, con pancarta y consigna, abajo firmante de todas las protestas. Su contraparte. Su igual. Alguna vez incluso, después de que a ambos les fue de la fregada en sus respectivas relaciones, pensaron en vivir juntos, como dos amigos.

Él fue quien cortó por lo sano:

—No soy tu amigo, Daniela, soy como tu hermano. O más. Y me voy a meter cuando te vea llegar con alguien que no me gusta. No puedo ser tu *rumi* si voy a parecer tu mamá regañándote. Y tú vas a hacer lo mismo cuando me levante a un galán de los que me gustan y me digas que estoy loco, que me cuide, que ya estuvo bien de caer en un hoyo distinto cada noche. Ni madres. Mejor así, hermanitos de la caridad cuidándonos de cerca pero cada quien en su cantón.

Óscar fue quien instaló antivirus, protecciones y quien también le hizo su página web y casi la obligó a publicar en línea cuando empezaron a silenciarla y a cerrarle la llave en los periódicos impresos. En los diarios oficiales. Incluso en los periódicos más abiertos.

—Eres una apestada —le dijo Óscar—. Deja que tu tufo llegue lejos entonces. La única forma es que abras tu propio portal. Te lo van a bajar, te lo van a *hackear*, pero no importa. Deja las payasadas de Facebook y Twitter. Tu formato es el reportaje largo. Nadie te va a censurar en tu propia página. Y cada que te la bajen la volvemos a colgar —prometió.

Él es el más asustado con la manera en que se han desarrollado las cosas, y se quedaron de ver en Caravanserai, un salón de té medio loco y sucio, pero bien rico en la esquina de Orizaba y Álvaro Obregón. Necesita relajarse, y el salón de té siempre logra ese efecto en ella. De hecho, el lugar es idea de Óscar. Siempre dice que es su segunda oficina, que despacha mejor con una jarra de té negro ruso, su Príncipe Vladimir, que adora. Daniela disfruta en cambio el ritual de un té oriental, las tacitas como de muñecas, la enorme paciencia. Cada que va allí con Óscar tiene la ilusión de que el tiempo se detiene.

Ya en el salón de té, camina hacia el fondo, a una pequeña salita que solo tiene una mesa. El primero en llegar lo convierte en su reservado. Óscar ya la está esperando, le da un par de besos:

—¿Cómo está mi periodista perseguida favorita? —bromea.

—De la chingada. Peor ahora que cuando te hablé en la madrugada.

—¿Peor? No puede ser, ni que te hubieran echado mal de ojo.

—Igual y es eso. Una pinche bruja me hizo un trabajito y me voy a ir muriendo de a poquito, enfermándome de todo.

Ella le refiere la venganza del vecino ante el reclamo sobre la música, le cuenta lo del ave desplumada y sangrante. Él le vuelve a ofrecer que se vaya unos días a su casa.

—Por lo menos mientras las aguas se calman.

—Creo que eso ya es imposible. Mira.

Le muestra el teléfono, bloqueado, con la pantalla de los mensajes de texto congelada y la maldita frase de amenaza que aún no entiende. Óscar lo voltea, saca un desarmador miniatura y después de una especie de cirugía le quita la batería y el aparato se muere o se apaga o descansa. Al menos ella sí descansa al verlo negro. Es lo primero que hay que hacer, le dice. Esperar unos cuatro minutos y luego encenderlo.

—Pero creo que te lo intervinieron. Lo mejor sería tirarlo y que te compres un desechable en el Oxxo. Tarjeta de prepago.

—Es una de mis herramientas de trabajo, no mames.

—Es la ventana a tu vida privada de quienes tse amenazan, Daniela. Te lo *hackearon* bien y bonito y ahora saben, por ejemplo, dónde estás gracias al GPS, pueden escucharte hablar y hasta verte por la camarita. Ya te había dicho, por ejemplo, que le pusieras un *masking* a la de tu laptop. ¿Me hiciste caso?

—Sí, hace una semana que está tapada.

—¿Desactivado el micrófono?

—Eres un paranoico.

—Esa es la paradoja, como con el hipocondriaco. ¿Sabes cuál es su epitafio, después de que nadie le creyó que estaba enfermo? No que no...

—¡Qué mal chiste, de veras!

—Cuando estás en este negocio sabes que todo puede ser verdad. Déjame ver tu lap. Vamos a intentar ver de qué se trata.

Daniela saca de la mochila la computadora mientras su teléfono, aún apagado, descansa el sueño de los justos.

Les vienen a tomar la orden y se hace el silencio. Solo entonces Daniela observa con cuidado a su amigo y se percata de lo asustado que está, de lo auténtico de su miedo. Al menos tiene a alguien que pueda protegerla de las amenazas electrónicas, aunque nadie se muera por un virus de computadora. Cuando se va el mesero, le pregunta:

—¿Me metieron *Pegasus*?

Óscar bromea:

—Lees demasiados periódicos. Los periodistas mienten.

Ambos ríen. Luego él se pone serio:

—Se me hace que este *spyware* está más canijo, Daniela. Tenías todas las protecciones y *firewalls*, el teléfono súper encriptado, como de espía del Mossad, gracias a mis buenos oficios. Lo mismo que le pasó a Lydia Cacho. Este trabajo es de profesionales de verdad. No se trata solo de un programa. Déjame ver qué encuentro.

Vuelve a armar el teléfono y antes de encenderlo aprieta varios de los botones para obligarlo a restaurar los ajustes originales, de fábrica. Se le va a borrar todo, le advierte, pero hay copia en su servidor. Mientras el teléfono se reabre él saca de la backpack un nuevo juguetito, como le llama. Un protector de espionaje GSM que parece sacado de película de Bond. Lo enciende antes que el celular.

—Este te lo vas a llevar porque detecta si te están espiando el celular. Se van a encender estos dos focos en verde.

Pero no tu viejo teléfono. Este lo vamos a tirar, ya te dije. A romper más bien, nada más sepa qué *bug* le metieron. La bronca es que le metieron un *spyware* cabrón que puede escribir directo en el chip de tu celular. Le da órdenes, digamos, y le pide que ejecute ciertas funciones de forma remota. Así que lo siento. Este teléfono ya valió madre.

Cuando el aparato enciende del todo, Óscar entra a los controles y desactiva todo, la línea telefónica, el localizador, la cámara, el micrófono. Solo deja encendido el wifi y espera a que su detector se encienda, cosa que ocurre como lo ha previsto.

—Ya no nos sirve al aparatito —dice al tiempo que le atesta un golpe contra la pared que lo despedaza. Fragmentos de su celular regados por el cuarto de té—, de nada nos iba a servir saber qué spyware te pusieron. La bronca es que se me hace que se metieron también en tu compu. Y tu casa ni se diga, ha de estar súper cableada. Pájaros en el alambre. Saben hasta si te dio diarrea, Dani. O si cagas amarillo del susto.

No responde la broma pesada, pero sí le advierte:

—Con mi computadora no te metas, sin ella me dejas coja y muda, cabrón.

—Igual y también la estrello. Se han gastado una lana en ti, Daniela. Te tienen miedo.

—¡Qué va! No es miedo. Si fuera eso ya me habrían quitado de en medio. Es más barato en México. Igual y les sirve la información que obtengo. A los periodistas todavía hay quien nos dice la verdad.

Óscar no responde. Piensa en su amiga, sentada enfrente. Dolida.

A Óscar le agrada que Daniela sea la última romántica en el país que se cae a pedazos y no le va a quitar esa ilusión. Bien sabe que el precio de la información es también muy barato. Le intriga, como a su amiga, qué demonios quiere decir la frasecita con la que la amenazan. En su correo electrónico puede ver los *bots* repitiéndola hasta el cansancio. Saca otro aparato, mucho más grande, que conecta a la lap de Daniela y que le permite escanear mucho más a fondo todo el disco duro. Deja correr los programas mientras contempla lo que aparece en ambas pantallas con interés. Había leído sobre esto, pero en un artículo sobre la Agencia de Seguridad Nacional en Estados Unidos. Por allí viene la cosa, o les regalaron a sus *amigos* mexicanos el bichito para espiar y lo han ido contagiando en las computadoras de sus enemigos. Lo que sea es mucho más potente que *Pegasus*, pero no lo suficiente como para que no pueda desactivarlo. ¿Por cuánto?, se pregunta. ¿Horas? ¿Días? ¿Hasta cuándo tendrá Daniela un poco de vida privada?

—De verdad, amiga. Deberías venirte conmigo un par de noches. Así me meto a fondo en tu compu y me quedo tranquilo que no te hagan nada.

—O nos lo hacen a los dos. Nos eliminan juntos. Si de veras están tan contaminadas mis máquinas es lógico que también me estén siguiendo y sepan que ahora mismo estoy con mi experto cibernético favorito desmantelando sus pendejadas. Y no me van a dejar en paz.

—¿Has pensado en irte del país?

—No mames, Óscar.

—Es en serio.

—¿Y qué voy a hacer en el extranjero? ¿Pedir limosna? ¿Qué les pasa a todos ustedes que me quieren sacar de México?

Luego le refiere la propuesta de Careaga, la mezcla de invitación y amenaza. O te vas o te vamos, atrás de sus palabras. El pinche acoso que ya la tiene hasta la madre.

En Caravanserai ponen música asiática y en lugar de calmarla, como supuestamente debería pasar, el pinche sonidito ya le colmó la paciencia. Se levanta a pedir que le bajen o que la quiten, desesperada. Cuando regresa, Óscar está finalizando la limpieza de su máquina.

Se tarda aún varios minutos en checar que todo esté en orden y le advierte:

—Ahora tenemos que barrerla cada dos días al menos para que no se metan. Si insistes en quedarte sola.

Cuando se están despidiendo, él se empecina en acompañarla hasta un Oxxo.

—Yo te regalo el celular, es lo menos, yo le di en la madre al otro.

Ella le da un beso:

—No es necesario, Óscar, ya has hecho mucho por mí.

Mira la mañana. Le da coraje que la ciudad no se inmute, que siga de largo, que la gente venga y vaya y camine y vaya de compras y haga cola en el banco. La ciudad normaliza sus propios instintos asesinos. Todo mundo hace como que le vale gorro lo que les pasa a los otros.

A su amigo algo le dice que no. Que no puede hacer realmente nada por ella. Y se le hace un nudo en la garganta. Le pide, eso sí, que le hable tan pronto tenga un nuevo teléfono para darle el número. Ella promete que sí, que le hablará de inmediato para que tenga el nuevo número y puedan comunicarse.

—No hay nada como tener cerca a los amigos —intenta a modo de despedida.

También la besa y la abraza y a pesar de su insistencia tiene que dejar que Daniela se vaya sola. Daniela camina hacia el Sanborns. Va a conseguirse un Android barato, un teléfono de prepago que le permita bajar aplicaciones. Su Facebook, Uber, el Twitter. Son su tabla de salvación.

Mientras pueda sobrevivir.

Llueve. No un chipichipi como el de la mañana. Llueve con esa inclemencia de la Ciudad de México, como si el agua tampoco quisiera tener misericordia de ella.

7

11:50 a.m.

Daniela no está en casa. Fausto Letona se lamenta de haberse ido para amedrentar al Buldog, a quien de todas maneras se iban a escabechar, en lugar de haberse quedado. Podría haber seguido a su vecina y al menos así de veras cuidarla. Ahora en cambio la ha perdido de vista y no tiene alternativa salvo esperarla. Va primero al estacionamiento, para saber si ha sacado el coche. Ahí está, lo que complica más las cosas. Regresa a su departamento y checa en la computadora.

No. Daniela no está en casa y él no necesita forzar la cerradura para comprobar que el departamento está vacío. No hay ruido alguno. Ventaja de vivir en el piso de arriba.

Si Daniela hubiera salido en su auto, sería otra cosa. Le puso un chip con localizador a su auto, pero ahora no le es útil. Se ha ido en Uber, o en metrobús. Ya vendrá.

La ha escuchado tanto que en su cerebro sigue sus movimientos. Casi siempre está en su cuarto, escucha música. Prácticamente no utiliza tampoco la cocina. Pasa el tiempo tirada en la cama, desde donde escribe, consulta el internet, habla por teléfono. No puede verla, pero con solo escucharla es suficiente. En algún momento pensó en instalar un par de cámaras dentro del departamento de Daniela. Luego le pareció ofensivo. Todos tenemos derecho a cierta intimidad.

A Fausto su paso por el CISEN le dejó, además de una paranoia imposible de curar, un afán por controlar los pasos de sus *objetivos*, como los llamaba entonces. Pero Daniela no es un blanco, o un objetivo o una sospechosa. Es solo Daniela Real y ahora no sabe en dónde carajos se ha metido.

En alguna ocasión le tocó seguir a un narcomenudista de Iztapalapa. Un tipo con suerte, que se les había pelado muchas veces. Tenía un pequeño ejército de cabrones, bien armado pero inepto. La mayoría chamacos pendejos. No había entonces, o al menos no estaban a su alcance, chips y cámaras. Era cosa de seguirlo a la vieja escuela. Sin ser visto, claro. Por días. Y por noches. Hasta que se obtenía un patrón consistente de conducta. El éxito de quien busca emboscar a su presa consiste en saber eliminar las variantes, lo que hacemos por capricho o por antojo una sola vez. Lo que no se repite. Cuando esos actos mínimos son desechados queda un montón inútil de acciones que, casi sin importar la persona, se repiten maniáticamente. A la misma hora. De la misma manera. Se da la vuelta en la misma calle, se intenta estacionar o sentar en el mismo lugar. Incluso en algunos casos se puede ser tan predecible que la persona se viste con la misma ropa o al menos con el mismo color según el día de la semana. El narco de Iztapalapa no era la excepción. Comía birria en un changarro para crudos y aún borrachos en la colonia Tabacalera los sábados. No tenía ningún negocio allí. Iba siempre acompañado de un compadre, a la misma hora, las diez de la mañana. Todos los putos sábados después de ir al baño público al vapor.

Ni siquiera en alguien que sabe esconderse, que ha hecho de agazaparse su *modus operandi* la regla cambia: somos como los perros, animales de costumbres. Nos tiramos a dormir en la misma pinche alfombrita meada. Por eso pudo agarrarlo. Emboscarlo, sería más preciso.

Ya no era su objetivo. Se había convertido en su presa.

Y a las presas se las caza sin misericordia y se las devora
y se las destaza, o diseca y se las cuelga bien quietecitas de
los huevos arriba de una chimenea. Fausto decidió nunca
tener trofeos de caza. Nunca colgarse la medallita. Siempre dejaba que fueran sus jefes los que se vanagloriaran con
el operativo, aunque él lo hubiese planeado y ejecutado de
principio a fin.

Aquel día arrojaron el cuerpo de otra mujer en Ciudad
Juárez. Daba lo mismo a esas alturas. Ya no tenían nombre,
eran una cifra más en la estadística. Allí donde debió decir
Juana o María o Guadalupe sólo había el consabido «otra
muerta». La falta de apelativo las borraba, haciéndolas invisibles. Muchas cosas ocurrieron en el país ese día en que
no sólo el cuerpo de otra muerta de Ciudad Juárez se des-
componía aceleradamente con el calor del desierto. Ruiz
Massieu se había suicidado en Estados Unidos antes de
ser extraditado a México. Eso aparecía en el periódico. Y a
él lo destacaron a Chihuahua por lo que iba a ser un mes y
terminaron siendo tres años.

Fue cuando agarró al narco de Iztapalapa, Elías Barra-
les, ahora se acuerda. También recuerda a la mujer arrojada
en el desierto, tenía nombre y apellidos, no era una estadística. Era Mariana Carrillo, la hija del Señor de los Cie-
los, el jefe del cártel de Juárez. La habían violado y luego,
con maniática saña, hundieron un puñal cientos de veces
en el cuerpo. Esta vez era un mensaje, un grito de guerra.
Quienquiera que hubiese mandado matar a la muchacha
—tez morena, uno sesenta y cinco de estatura, ojos cafés,
complexión delgada, sin señas particulares que anotar—
había conjurado todas las furias en su contra.

El sacrificio de Mariana habría de cambiar por completo la historia y, por supuesto, todo lo que Letona creía
saber de los narcos. Decir que algo huele a podrido en México es una banalidad terrible. De ese año para acá todo ha

sido cuesta abajo, el narco ya está en la cocina e incluso gobierna en muchos lados. Ya no es solo una ciudad o un estado o seis. Es todo el puto mapa.

México es un cadáver descompuesto, una osamenta roída por el aire y por las aves carroñeras. Ya ni siquiera huele. ¡Carajo, ni siquiera apesta!

Ahora esos días de policía y de agente encubierto y dizque superhombre ya habían terminado y él mismo debía cambiar de táctica. Daniela no era una pieza de caza, no era un objetivo. Era solo la persona que él había escogido proteger, la mujer a la que, aunque fuese silenciosamente había decidido dedicarle sus últimos días.

Sin pinche melodrama, no como en radionovela.

Nomás porque sí.

Después de comprobar que no hay nadie en el departamento se traza un plan para lo que, seguramente, vendrá en las próximas horas. Si Daniela no regresa pronto. Si eso ocurre, entonces ese sí será un problema grave. Tendrá que encontrarla. No puede darse el lujo de que le pase algo solo por su descuido.

Decide salir. Al menos así el tiempo pasará más deprisa.

Apaga la computadora, que casi nunca saca del departamento, pero esta vez sí la pone en una bolsa de cuero que se cuelga al hombro. Sabe que parece uno de esos hípsters que pululan por la colonia y que detestas, pero a estas alturas no importa.

Cierra con doble llave las dos cerraduras.

Al pasar por el departamento del Buldog por primera vez le entra la curiosidad. ¿Habrá alguien? ¿A dónde se lo habrá llevado Zavalgoitia? El rompecabezas del Buldog por ahora está incompleto. Podría forzar la cerradura, intentar ver el lugar donde vive. Atar cabos. Demasiado peligroso por ahora. Si el Buldog se aparece de pronto, con el propio policía, y lo reconoce. La curiosidad igual y sí se chingó al gato.

Se aleja del edificio. Necesita el silencio y la soledad.

Le conviene, además, la calle, porque debe repasar sus últimos días, poner en perspectiva sus decisiones. No solo el hecho de haberse mudado a proteger a su Dulcinea, como la llama de broma, sino las muertes que se deben a su mano. Cuando se graduó de la escuela militar tenía la vaga esperanza de que nunca dispararía una pistola contra alguien, que las pruebas de tiro eran una práctica más, otro ejercicio militar como tantos a los que lo obligó de chico el general Letona, su padre, para que se hiciera machito, como le decía. Para algo había él estudiado, para no tener que disparar.

Y ahora, con el mundo de cabeza, el país de la fregada y su vida con los días contados, las prioridades han cambiado. De acuerdo. Pero no va él, sin embargo, a ocupar sus últimos días escabechándose cristianos sin ningún remordimiento. La escoria debe ser removida, a él nadie lo colocó en el papel de recogedor de basura.

Se sube en un pesero en San Borja. Va repleto. Una señora come una torta como si no hubiese probado bocado por meses, se mancha de salsa y aguacate. El colectivo apesta al aceite con el que frieron la milanesa. El conductor lleva el estéreo a todo volumen y escucha a Los Tigres del Norte:

> *Se dice que se aprende por las malas,*
> *pero el alumno ya te superó,*
> *prepárate que están lloviendo balas*
> *y hoy el tiro al blanco soy yo.*

¡Cómo carajo va a poder pensar si apenas tiene dónde poner las nalgas!, se dice. El pensamiento le arranca una sonrisa.

8

1:10 p.m.

Un taxi la deja frente a su edificio. Hay patrullas afuera y vecinos mirones que intentan enterarse de lo que ocurre detrás de las cintas amarillas. El morbo no se ha aplacado a pesar de la violenta costumbre de ver el crimen cohabitar a su lado por años. Curiosamente es un morbo descafeinado, que se sacia rápido en la medida en que se saben unos pocos hechos. El nombre del muerto, la identidad del atropellado. El sentido de un final. Es el morbo del historiador, no del cronista. Porque el cronista, como ella, es un testigo. Y los testigos, en lo que queda de este país, prefieren estarse quietos, no intervenir. Les pueden caer muertos del cielo, como granizo, que no se inmutan. El mismo taxista la dejó allí sin preguntar nada, sin interesarse por la escena. Daniela le muestra su identificación, una credencial electoral al policía que resguarda la entrada, pero la credencial tiene la antigua dirección y no lo convence. Su vieja charola del periódico por fin le sirve de algo y hace la diferencia.

—Aquí vivo, oficial. No voy a investigar nada. Solo necesito entrar a mi casa.

El agente habla por radio, solicita autorización para que un vecino penetre en su edificio. A Daniela le parece por un lado curioso que el policía diga *penetre* y no ingrese, qué manía con las palabras. Pero lo que le molesta es que hable de ella en masculino, que diga *un vecino*, como si no se hubiese fijado en que es una mujer. Luego de unos minutos le flanquea el paso mientras sigue hablando por el radio:

—Enterado, el vecino se dispone a entrar. Todo en orden, cambio.

¿En dónde les enseñarán a hablar así? ¿En la academia de policía o con sus jefes en las reuniones de mando? Un lenguaje apenas marcial que, sin embargo, busca intimidar o dar la impresión de que se tiene autoridad.

Mientras sube los escalones que la colocan en el rellano del tercer piso, su piso, se da cuenta de que está enloqueciendo. Se habla a sí misma todo el tiempo en una mezcla esquizofrénica de juicio lapidario y reflexión filosófica. No puede estar en silencio dentro de su propia cabeza.

El departamento del Buldog ha sido acordonado y varios agentes están trabajando dentro. Daniela se asoma tímidamente y aplaca su curiosidad. Ya se enterará después de lo ocurrido. Abre la puerta de su casa y se percata de que allí también han entrado. Se siente vulnerada, violada en su intimidad. La sala muestra la violencia o la saña con la que han buscado algo. El sofá ha sido literalmente cortado y abierto, y el relleno de los cojines se encuentra desparramado por todo el piso. Han descolgado cuadros, tirado adornos. Deja la puerta principal abierta, algo que no hacía desde quién sabe cuándo y se dirige a su recámara. Los cajones de la cómoda tirados en el suelo, junto con sus calzones. La cama también tasajeada, el clóset abierto, la ropa tirada con todo y ganchos. La lamparilla de la mesa de noche rota, sobre la cama. Piensa, instintivamente, que tiene que llamar a la policía y su propio pensamiento le da risa. La policía está allí junto, ocupando todo el edificio. Sale corriendo al pasillo, donde un agente interroga a la vecina mayor del cuarto piso. Daniela interrumpe:

—Mi departamento está igual, han entrado a robar —alcanza a decir—. Es aquí junto. Seguro entraron a los dos. ¿Puede acompañarme? Lo han destruido todo.

El agente no le contesta. La vecina la abraza, le dice bajito que no escuchó nada, que si no hubiera avisado, pero que en todo caso fue a ella a la única que le robaron. A ningún otro departamento, que ella sepa, entraron los rateros.

—Los señores no están aquí por eso. Parece que el señor Nicolás andaba metido en negocios chuecos y por eso están acá, levantando pruebas.

Lo que era confusión, coraje, incluso rabia se transforma, de golpe, en estupor. Se da cuenta de que el señor Nicolás es Nico, el Buldog.

—¿Drogas? —alcanza a preguntar. Los tres se miran con recelo: incrédulos e inquisitivos. La vecina sigue abrazándola y le dice *tranquila, mija, tranquila*, con la seguridad o el aplomo de quien lo ha visto todo.

—¿Qué buscan? —vuelve a preguntar ella sin respuesta, como si nadie quisiera hacerse cargo de lo ocurrido, o como si ella fuera una niña a la que hay que taparle los ojos, ocultarle el horror por unos segundos más. Piensa en Letona, el otro vecino y su amenaza de darle un susto al Buldog. ¿Quién es Letona? ¿En qué lío se habrá metido el Buldog? ¿Qué tiene que ver todo esto con que hayan destrozado su departamento?

Se deja abrazar por la vecina, maternal, que le toca el pelo en pequeñas palmaditas. Aguanta el llanto. Se ha entrenado bien para eso, para aguantar las lágrimas. Su vida es una presa de concreto, enorme, que lo contiene todo.

Daniela, aún con los ojos cerrados, piensa en toda la violencia que ha visto en los últimos años, en cómo es tan fácil acostumbrarse a ella y dejar de cuestionarla. Un amigo periodista de Colombia, Germán Castro Caycedo, se lo dijo desde hace diez o doce años:

—No se acostumbren a la violencia. Al principio los muertos estarán en apariencia lejos, en el norte, en la sierra, en otras ciudades. Luego empezarán a aparecer cadáveres en las calles cercanas, arrojados en las avenidas, en los monumentos. La violencia será ya un monstruo de mil cabezas, imposible de evitar. —Ahora le da más miedo la amenaza del Buldog de la otra madrugada. ¿Habrá sido él quien destruyó sus muebles?

El policía corta el silencio, interrumpe la cavilación y la previene:

—No entre de nuevo en su casa. No toque nada. Nomás terminamos acá y le echamos un ojo a su departamento.

Se mueve y sutilmente se interpone entre Daniela y la puerta.

—Déjeme sacar al menos mi backpack con la computadora, la acabo de meter y no tiene nada que ver con lo ocurrido. La vecina le ruega al policía:

—¡Ándele, oficial, ¿qué le cuesta? Yo la acompaño.

El hombre se niega, pero Daniela mira junto a la puerta la correa de su bolsa y simplemente la jala y se la cuelga del hombro antes de que el policía atine a negarse de nuevo. La vecina sigue en su perorata:

—Me llamo Gloria. Ven, si quieres sube a mi departamento y te doy un café con un pan para el susto. Llevo viviendo aquí muchos años, y nunca había pasado nada. Este lugar es bien tranquilo.

El departamento de la mujer está en el cuarto piso, encima del suyo. Le responde:

—Yo soy Daniela —y le extiende la mano como si no hubieran hablado o no las hermanara el miedo.

—Ahora no vamos a dormir tranquilas —insiste la mujer, que parece no poder quedarse callada.

—Yo ya no dormía tranquila. No me va a decir que no escuchaba las fiestas del vecino toda la noche.

—Sí, pero parecía de muy pocas pulgas, ni para meterse. Unos tapones en los oídos. Es todo lo que uno necesita para no meterse en donde no lo llaman.

Como si supiera.

—Será que yo vivo junto. No hay tapones que valgan.

—Pues por un rato nadie la va a molestar.

El policía da órdenes y otros agentes colocan su cinta amarilla y acordonan también la casa de Daniela.

El mismo policía que interrogaba a la vecina ahora le hace preguntas de rutina a ella. ¿Escuchó algo sospechoso en la madrugada? ¿A qué hora *abandonó* el edificio? ¿Conocía a su vecino, hablaba con él a menudo, escuchó alguna amenaza, gritos, violencia?

Daniela refiere con lujo de detalles las fiestas interminables, la música, los amigos en camionetas de lujo, siempre con los vidrios polarizados, las distintas *amigas* invitadas a las fiestas. No le pone más color que el que para ella tenía el escándalo permanente del Buldog.

No piensa *implicarse* en el asunto, para usar una de las palabras que les encantaría a ellos. No menciona tampoco la amenaza, o el pájaro negro. Nada le asegura que fue él quien lo arrojó, aunque tampoco piensa que pudo tratarse de alguien más.

Se queda callada para su propia protección, o tranquilidad, pero se atreve a volver a preguntarle al oficial:

—¿Y qué buscan?

—No creo que lo ocurrido en su departamento tenga nada que ver con su vecino, si eso la tranquiliza. Ya tengo a dos personas levantando huellas. Igual y encontramos algo. Hágale caso a su vecina y mejor acompáñela arriba. Esto va para rato. Si las necesitamos las llamamos. Mucho ayuda el que no estorba.

9

2:17 p.m.

Cuando Fausto regresa al edificio no se le permite guardar el coche. Un uniformado se encuentra resguardando la entrada y le informa que hubo un crimen y que hasta que los peritos no terminen no puede pasar. Busca estacionamiento cerca, en la calle, pero no encuentra hasta seis cuadras adelante. Tener coche es una soberana pendejez.

Esas seis calles son un martirio. No puede saber si se trata un crimen dentro del edificio o si es solo un despliegue policiaco por alguna cosa menor. ¿Y si es a él al que buscan? Sea lo que sea piensa en Daniela. Lo consuela saber que no ha pasado tanto tiempo y Daniela no estaba tampoco en el edificio cuando él salió. Si algo ocurrió dentro lo más seguro es que ella aún no haya vuelto. Mientras camina de regreso reflexiona sobre sus propias opciones. Por supuesto que puede presentarse simplemente así, como uno de los que viven ahí y no dar explicaciones. El problema sería si alguno de los policías a cargo de la investigación lo reconoce. Entonces serán horas enteras desperdiciadas en explicar su presencia allí, el porqué de la mudanza, o al menos la justificación de la existencia actual frente a antiguos compañeros. No es que sea sospechoso de inmediato, de qué, sino simplemente el engorro de ponerse a inventar algo plausible sobre su falta de empleo actual o justificar su

presencia en el lugar sin levantar la más mínima desconfianza. La opción alterna sería que nadie se acordara de él,
que los policías fuesen nuevos y que él simplemente tuviera que contestar un par de preguntas idiotas. De cualquier
forma, su tarea esencial es verificar si Daniela está allí, que
no le haya ocurrido nada.

O no. Todo depende de quién esté encargado de la investigación, piensa. El Buldog puede ser un narco cualquiera. La ciudad está dividida en zonas, como en una guerra. El
control territorial importa tanto como la venta de mercancía. Las esquinas, las manzanas, las delegaciones son pau-
latinamente presas de un grupo que se expande, hasta el
punto en que no sea lo suficientemente grande como para
convertirse en un cártel con todas las de la ley, de allí que las
autoridades se nieguen a llamarle cártel a lo que ocurre en
el sur, con el control de la UNAM o de todo Tláhuac. Pero
en su experiencia lo único que provoca eliminar a un capo,
como el Ojos, es que ese grupo se divida en dos o tres. Los
más cercanos del líder ya sin jefe quieren hacerse de todo el
negocio. Son los periodos más negros, más oscuros.

Luego viene la calma.

Este es un periodo de guerra, no de tranquilidad. Nada
más entrar a su edificio, sin embargo, la duda se despe-
ja. El encargado de las investigaciones es Zavalgoitia, de
la SEIDO. Otra vez se lo encuentra. Nada casual. Algo le
huele muy mal.

El Buldog era un perro de pelea, entonces. Uno más
cabrón que bonito.

La bronca es que no tiene cómo hacerse el inocente
con Zavalgoitia. Viejos conocidos se huelen.

—Pinche Fausto, ¿qué te trae por mi escena del crimen?

—Aquí vivo, Arnulfo —le dice su nombre porque sabe
que le caga. Mejor así. Nada de Fito, o de capitán o de *Ar-
nie*, como le decía el antiguo secretario de Seguridad, que

nos metió en esta pinche inseguridad con sus puestas en escena y sus contubernios con ciertos cárteles.

—Espero que no tengas nada que ver con este desmadre.

—Tus chamacos no me querían dejar pasar a mi propio departamento. No tengo ni la más puta idea de lo que ha pasado aquí.

—¿Aquí? Nada. Salvo que este es el departamento de Nicolás Sada Villarreal, ¿te suena?

—Ni madre. Digo, el nombre. Al güey lo veo a diario, nada discreto. Camioneta negra entintada, siempre acompañado de dos o tres con peor pinta. Muchas fiestas, muchas viejas. Nada más.

—La cosa es que estaba digamos que *retirado* del negocio. Por amenazas, o por algún trato que le salió de la chingada. Lo que sea. Pero estaba quietecito desde hacía dos años. Le perdimos la pista. Resulta que nos vinimos a enterar que esta era su madriguera.

—¿Y el interfecto?

—Desaparecido. Por eso estamos aquí. Para encontrar al pendejo.

Más pendejo tú, que te haces el güey, piensa Letona. Tú lo viste esta mañana. Tú sabes qué hacía aquí y qué hay adentro. O al menos sabes dónde está el Buldog, si es que a estas alturas aún vive.

—Hablando de desaparecidos, tú también estás retirado, nadie sabe de ti. ¿Qué es este lugar, una pinche pensión de veteranos?

Fausto Letona prefiere no responderle. El capitán continúa:

—La cosa se complica porque también allanaron el departamento de la vecina de al lado de Sada. Profesionales. Destriparon el lugar.

—¿Y a ella, le pasó algo? —pregunta Letona, descuidándose.

—No estaba. Acaba de regresar. Ya la interrogamos.
No tiene ni idea.

—¿Dónde la tienen?

—¿Cómo que dónde la *tenemos*?, si no es sospechosa de
nada. La *tiene* una vecina que se la llevó para calmarle el
susto. Ya los muchachos tomaron muestras y huellas. No
encontramos nada. O si había algo, ya se lo llevaron. ¿La
conoces? ¿A la vecina? ¿En qué piso vives?

—Vayamos por partes, como diría el descuartizador.
En el cuarto piso, la conozco. La he visto. No sale mucho,
pero mi lugar en el estacionamiento está junto al suyo.
Hemos coincidido muchas veces. ¿Puedo ver el departamento?

—¿Dónde? ¿En mi escena? Ni madres. Un policía ju-
bilado es peor que un aficionado, Letona.

—Igual y encuentro algo de lo que tus pendejos ayu-
dantes no se percataron.

—¿Cuál departamento quieres ver?

—El de Sada —miente.

Zavalgoitia accede con recelo, pero lo acompaña. Pinche mal gusto. Muebles laqueados con florecitas chinas,
cojines estampados con paisajes orientales. Un cuadro de
la virgen repujado de latón. La cocina sucia, trastes sin
lavar de días. Los restos de la parranda por todos lados:
botellas vacías, ceniceros sin vaciar, latas de refresco. Manchas sobre manchas. Es lo que más le impacta de un primer vistazo, la suciedad del piso, de las paredes, de la tela
de los muebles. Una cloaca la casa del pinche Buldog. Su
última morada, se dice con sorna.

—¿Armas? —interroga él esta vez a Zavalgoitia.

—Un arsenal minúsculo para alguien como Sada. Ya
se las llevaron. Nada que no hayas visto. Escopetas, mucho
parque. Una AK-47.

—¿Droga?

—De todo un poco, pero para su propio consumo. Este cabrón se metía hasta la escoba.

—¿Papeles? ¿Algo relevante?

—No te digo, pinche Fausto. Ya estás investigando por tu cuenta. Nada, si quieres saberlo. O sí, un cuadernito que también se llevaron los muchachos. Una agenda, más bien. La hojeé y parece más bien inútil. No hay nombres. Una cruz en algunos días. Un día con tres cruces. Muchos más vacíos. Digamos que no tenía una agenda apretada.

—O que lo contrataban para matar, solamente.

—¡Qué chingón eres, 007 región cuatro! —le dice y le da palmadas en la espalda, con compasión fingida—. Deberías volver a la calle, qué pinche intuición. Por supuesto que tienen que ser sus muertos. Pero mientras no haya nombres, de nada nos sirve que su agenda sea un camposanto. Igual y son sus correligionarios caídos en el *deber*.

—¿Le permitirías ver el otro departamento a este Bond subdesarrollado, como dices?

El truco funciona y Zavalgoitia, en su elemento, accede. Con tal de humillarlo. Antes de entrar desprende las cintas amarillas, triunfante:

—Nada que seguir investigando aquí. Tu vecina va a tener que invertir en muebles —sigue en su tono, que cada vez desespera más a Letona—, le dejaron el lugar para el arrastre.

No eran profesionales, como decía Zavalgoitia. O si lo eran se trataba de despistar, de dejar claro que no tenían idea de cómo hacerlo. No le preocupó la saña con la que destajaron el sofá o el colchón, porque desde el momento de verlo pensó que se trataba de un señuelo, puesto ahí para que la dueña se atemorizara.

Todo lo que había pasado en las últimas horas tenía ese único objetivo. Ahora Fausto estaba claro: infundirle todos los miedos posibles.

El espejo de cuerpo entero había sido pintado con una leyenda: *Ten miedo de todo lo que crees que sabes*.

—Gracias, Arnulfo —volvió Letona a la carga—, me voy a mi departamento, no sea que también me lo hayan destripado.

—¿Y no vas a construir una de tus inteligentes hipótesis sobre este lugar? ¡Me muero por escucharla!

—Ni puta idea, igual y querían encontrar algo —nomás por chingar le suelta esa mamada.

—Igual, igual, mi pinche Sherlock Holmes de petatiux —sigue su antiguo compañero, que no es nada pendejo y bien sabe que algo trae entre manos. Pero se guarda también de decirlo y Letona sabe que él sabe.

Nomás que en este país de imbéciles es mejor hacerse güey.

—No te pierdas —se despide el capitán y Letona solo le da, en silencio, un apretón de manos.

Los policías se irán pronto y él podrá encontrarse con Daniela. Mientras tanto, mejor guardarse. Sabiduría de los topos.

La oscuridad. El silencio. La guarida.

10

3:03 p.m.

¿Tienes un plan, Daniela Real? ¿Piensas seguir solo viendo cómo viene la bronca e improvisar de qué manera respondes?

Se lo pregunta sin esperar la respuesta. Es su mente de chimpancé que no logra estarse quieta. Por supuesto que no puede seguir solo respondiendo a lo que ocurra. Si quiere sobrevivir debe trazarse un esquema, así sea elemental, para salir del laberinto en el que se ha metido. Ha llegado al centro, a lo más profundo, y no puede solo aguardar a que los demás den el siguiente paso.

¿Los que quieren asustarla?

Gloria, la vecina se ha ofrecido a ayudarla a *levantar* la casa ahora que se han ido los policías. No tiene sentido. Lo único que le queda es agarrar bolsas de basura y llenarlas con lo destruido. Prefiere hacerlo sola. Le ha dicho a la vecina que tiene mucho trabajo y que lo hará después. No ha rechazado del todo la oferta, que vino acompañada de una advertencia, la tercera del mismo tenor en el día:

—¿No tienes dónde ir, mija? ¿Una amiga con la que quedarte? Por mí puedes venir a dormir un par de días acá. Somos solo yo y mi hijo, que llega tardísimo de trabajar en horario nocturno. Pero quizá lo mejor es que te vayas del edificio para que puedas dormir del todo.

Puede ser cierto, pero ella insiste: irse significaría claudicar. Irse del todo, claro. Porque si de lo que se trata es de asustarla lo harán aquí o en cualquier lado. ¿Se atreverán a algo más?

Ha barrido ya la sala y el comedor, juntado toda la borra de los cojines y los objetos rotos. Ha acomodado de nuevo los libros y puesto una sábana limpia para cubrir el sofá acuchillado. Entonces se le ocurre que si encima de la sábana coloca una manta de lana enorme que tiene, el truco estará completo: como si nada hubiese ocurrido.

Todos sus movimientos son veloces. La rapidez ayuda al olvido o a ocultar el horror. Lo cierto es que esconde las huellas de la violencia, de la misma manera que una mujer violada se tapa el sexo después de que ha sido abandonada por el agresor. Es la única metáfora que le viene a la mente: ha sido violada.

En la recámara hace lo mismo. Limpia, barre, quita meticulosamente la basura, el relleno del colchón, al que cubre primero del lado roto con una sábana de cajón y luego voltea. Tapa también el anverso, ahora con un protector de colchón limpio, lo que la convierte en una cama cualquiera, ocultando la violencia. Pone otras sábanas, floreadas, y luego hace la cama con la meticulosidad de una camarera de hotel de lujo. Su madre le enseñó la tarea, con obsesión extraña. Le decía que solo si una moneda es arrojada, como en un volado, sobre la inmaculada superficie de la cama y salta, sin mirarse una arruga, entonces ha pasado la prueba de saber hacer la cama. No tenía ánimo, claro, de arrojar ninguna moneda, o de comprobar la teoría de su madre una vez más, pero la reconfortó el recuerdo de la faena doméstica compartida en la adolescencia.

Le llevó pocos minutos acomodar de nuevo la ropa en los ganchos, colgarla en el clóset, cerrarlo como quien clausura con ello la vulnerabilidad. Luego le quedó solamente

el último esfuerzo, devolver la ropa íntima a los cajones de
la cómoda. No la arrojó, sino que la dobló con prisa y estudiado esmero: una por una. Luego, sin pensarlo, tomó todas esas ropas y las arrojó a una bolsa de basura. Habían
sido tocadas, quizás incluso restregadas contra la piel de
quién sabe quiénes. Le dio asco.

Finalmente se soltó a llorar.

Han pasado cinco minutos.

O diez. No lo sabe. Es como si no estuviese en su cuerpo.

Mira el reloj. Cinco minutos. En verdad. Y parecen horas. Abre los ojos.

Cinco minutos.

Nada más.

El cuerpo le duele. Le estalla la cabeza. Se da cuenta de
que tiene las manos crispadas, los puños apretados.

Tocan a la puerta.

—Voy —se escucha responder como si lo hiciera otra
persona.

Es el otro vecino, su salvador. El otrora Invisible, como
le llama desde la madrugada. Le pregunta si está bien, si
se le ofrece algo. Ella niega, le contesta que está todo en
orden, que han registrado su casa, pero no se han llevado nada, quizá porque nada hay que llevarse, o porque
buscaban otra cosa. Se escucha hablar también en sordina,
es una especie de sobreviviente de un apocalipsis zombi.
Todo ha pasado tan de prisa, en tan pocas horas. La extra-
ñeza es lo único cierto, como si estuviese viviendo dentro
de una película y lo que le ocurre a la protagonista, ella, le
estuviese pasando a otra, a una actriz en el papel de Daniela Real.

—¿Sabes qué le pasó al Buldog? —le pregunta ella,
avergonzada al instante del apodo con el que lo llama. Su

repentina desaparición les otorga una curiosa densidad a las cosas. ¿Y si Letona le hizo algo?

—Me dijo el policía encargado que su verdadero nombre es Nicolás Sada Villarreal, un supuesto narcomenudista venido a menos, o retirado. Le habían perdido la pista hacía meses, e incluso pensaban que lo habían matado ya sus rivales.

Luego Letona le cuenta que no lo dejaron meter su coche al estacionamiento y que tardó un buen rato en convencer a quienes resguardaban el edificio de que era uno de los inquilinos y que necesitaba recoger algunas cosas de su casa. Le explicó que al entrar vio el despliegue policiaco, las puertas abiertas, los peritos tomando pruebas y sacando evidencia en bolsas de plástico transparentes.

—¿Supiste entonces lo de mi departamento?

—Sí. Estaba abierto y acordonado cuando llegué y el mismo policía me informó que te habían robado, por eso pasé a ver cómo estabas.

La tutea.

Daniela se percata solo entonces de que ha estado conversando con Letona desde una mínima rendija de la puerta entreabierta, como si ya no pudiese tenerle confianza a nadie. Abre un poco más, pero no lo invita a entrar.

Se quedan en silencio. Un silencio incómodo que él corta:

—¿Necesitas ayuda para arreglar la casa?

—Ya todo está en orden —miente ella, como si el orden externo pudiera regresar las cosas a su lugar. Por dentro la mente salta de inmediato de su estudiada respuesta a la verdadera incertidumbre, a la conciencia de que nunca podrá estar nada en orden ya. Pero responder a las preguntas de Letona, continuar la perorata, no es parte de un plan. Y de eso está segura ahora. Necesita un plan. Primero hablará por teléfono con Óscar para contarle lo ocurrido y luego saldrá un rato por la tarde. Su informante se ha vuelto a comunicar con ella por email y esta vez le ha prometido no faltar. Le ha dado su nuevo número celular. No quiere errores o cancelaciones esta vez. Tiene esa cita inaplazable. No es solo una informante, es otra sobreviviente, como la chica centroamericana que escapó de los Zetas hace meses y ella entrevistó para el periódico. Una entre miles que logra escapar y contar su historia. Esta informante la contactó a ella, después de leer el reportaje. Le dijo que tenía que compartir unos datos con Daniela, referirle su propio infierno. Ella también, como la otra mujer, había sido una afortunada que pudo escapar de sus captores, pero conocía a fondo la manera en que operaba la trata en la Ciudad de México. Su historia podía ayudar, le dijo, a *desmantelar* una red ligada a Tlaxcala. Por eso salió el otro jueves, de madrugada y le metieron el susto de su vida, cuando la mujer la dejó plantada. Ahora al menos es temprano y hay luz en la calle.

El deber la llama, aun en medio de la crisis. Ese es su trabajo. Esa es su misión. Darles voz a las otras. Y ahora al fin, si era cierto lo que la mujer le había dicho, podría terminar una larga investigación, completar un reportaje pendiente, cerrar la pinza. Aunque se le vaya la vida en ello.

—Daniela, ¿está usted bien? —le pregunta Letona después de observarla quedarse callada, ensimismarse.

—Sí, estoy bien. Solo que ha sido demasiado.

—Al menos ya el vecino no puede molestarla —le dice, sonriente.

Ella no responde. ¿Qué va a decirle? ¿Que se alegra de la desaparición del Buldog? ¿Y si lo han asesinado? ¿Puede el mundo ser mejor solo porque un tipo nefasto es ejecutado en un seguro ajuste de cuentas? Nada elimina al mal. Una cabeza cortada hace que nazcan tres, diez, cien cabezas. Claro que no se alegra, la muerte del Buldog los mancha, los salpica a todos.

Mira por vez primera con detenimiento al hombre. A ese *salvador* que no conoce. Un extraño que vive en el mismo edificio. Es todo. Algo le dice, además, que no es de confiar. Agradece su presencia. Quizá está viva solo por la casualidad de su encuentro anoche. Lo observa. Lo escruta. Ella no falla, tiene una especie de intuición infalible de quién es confiable. No sabe con Letona. Hay algo en él. No alcanza a encontrar la clave de lo que la distancia. ¿De dónde salió, tan de pronto? ¿Por qué el interés?

¿Y si fue él quien desapareció al Buldog? ¿Por qué sabía tanto de él? ¿Por qué la policía, seguramente el mismo capitán que la interrogó, le había confiado tantos detalles cuando a ella ni siquiera le respondió siendo una vecina aún más cercana, la de al lado, del occiso?

—Gracias por su interés, Fausto —alcanza a decirle, otra vez regresando de una especie de limbo, de la neblina de una mente confusa. No está del todo ahí. ¡Qué absurdo ponerse a pensar tan mal de Letona, que no ha hecho sino ayudarla!

—Para lo que se le ofrezca, estoy acá arriba. Mire —le tiende un papel—, aquí está mi número de celular. Cualquier cosa, a cualquier hora.

Lo observa. Luego asiente, pero no le dice nada. En ese silencio están también sus dudas. Cierra entonces la puerta, coloca los tres seguros que ya no la resguardan de nada, lo sabe. Tiene que contarle a Óscar lo de la cámara, pedirle que venga. Buscar juntos otros artilugios con los que de seguro la miran, la ven, la oyen. La violan.

Ha estado expuesta todo este tiempo.

A la intemperie.

11

3:32 p.m.

—Se la van a chingar, carnal —le contesta el Tapir desde la Policía Federal y se le atraganta la torta que se está comiendo—, hablan bien arriba de que van a desaparecer a tu amiguita. Es cuestión de horas.

¿Cómo puede hablarse así, en qué pinche país de mierda nadie tiene el menor respeto por la vida?

Deja hablar al Tapir que, como siempre, se va por las ramas. En lugar de seguirle informando lo que sabe, le pregunta pendejadas, se hace pendejo. Pero nadie suelta bombas y luego se sale por la tangente.

—A ver, Tapir, concéntrate cabrón. ¿Quién carajos quiere chingarse a Daniela? ¿Hasta dónde es bien arriba? ¿En la oficina del procurador? ¿En Los Pinos? ¿En el *penthouse* del pendejo de Careaga en Polanco?

El Tapir carraspea.

—Mira que te quiero, cabrón. Te estoy hablando desde un celular encriptado y es el último favorcito que te debo. Luego haz de cuentas que estamos a mano.

Es verdad. Letona le salvó la vida, pero en plena refriega. A Fausto le tocó ejecutar a quien estaba disparándole a su compañero. Puro azar. El Tapir no le debe nada. Nunca le ha debido un carajo. Se lo dice.

Está encabronado. No con su amigo. Con la situación. Con el pinche lodo que a todos ensucia. El monstruo salió de su encierro hace poco. Pero una vez que dejó la cueva en la que se escondía, se le quitó la pena, la puta vergüenza, y le importa madres ensuciarlo todo. El monstruo está ya en todos lados.

—Mira, mi Tapir. Tú y yo somos carnales, alguna vez hasta estuvimos del mismo lado, arriesgamos nuestra vida porque creíamos que algo iba a cambiar. Eso nadie lo puede negar. Yo no lo olvido. Pero no me debes nada. Te lo debes en todo caso a ti mismo si decides quedarte callado o ya te pasaste del lado de los malos.

—¡Cuidadito, Letona, con lo que dices! A mí no me acusas de nada. Yo sé bien qué pedo y no necesito a un expolicía metido a curita para que me confiese y me excomulgue o me recete la penitencia para arrepentirme.

—No quise decir eso. No me malentiendas.

—Ese es el pedo, que te entiendo perfectamente. ¿Quieres saber lo que le va a pasar a tu amiguita? Entonces por una vez en tu vida quédate callado y escucha. Igual y hay alguien que sabe más que tú.

El golpe ha sido bien dado. Letona guarda silencio.

El Tapir habla.

Le cuenta que en los últimos días en la procuraduría ha habido muchas filtraciones, que los jefes están hartos de que algunos periodistas hayan publicado cosas muy confidenciales, que solo pudieron haber sido contadas por alguien de dentro. Le dice que su amiga es parte, no de la lista negra, sino de la negrísima. Los periodistas molestos a los que han dejado de temer y que ahora, más bien, quieren eliminar.

—No es metáfora, Fausto. Lo han intentado todo para silenciarla. Le quitaron la chamba, hicieron prácticamente imposible que publicara en ningún lado y ha seguido de necia con su portalito de mierda y sus ganas de implicar a todos en redes de corrupción, de impunidad. Para tu protegida todo el que trabaja en el gobierno es una mierda.

—¿Y tú a quién salvas de tus jefes, Tapir? Por eso me largué. Todo mundo está untado de mierda y de sangre y de billetes.

—Ese no es el pedo ni la discusión. Le han advertido de todas las formas que se deje de pendejadas. Ahora van por la última solución. Te insisto. Es cuestión de horas. Sin ultimátum. Ese ya se lo habían mandado hace tiempo, pero tu amiguita nomás no quiso escuchar. Parece que incluso Careaga le propuso un trato. Le sugirió que se fuera al extranjero antes de que la bajaran. Igual y tu amiga no sabe que Careaga también recibe órdenes. La cosa viene de mucho más arriba.

—No mames, Tapir, ¿cómo te enteraste? ¿Quién te lo dijo?

—Se dice el pecado, pero no el pecador, carnal. O la escondes o te la dejan irreconocible.

—¿Quién dio la orden? ¿O quién pidió el favorcito? ¿Se trata de Careaga?

—Ya te pasé lo que podía comentar. No sé más.

—Claro que sabes.

—No quieres tú saberlo. Es mejor así.

—¿Y si eso me lo dejas decidir a mí?

—Ni madres. No digas que no te avisé. Pero también te prevengo que si saben que estás metido en ese desmadre también van a ir por ti, Fausto. Esto viene de muy arriba. Recíbelo como un último regalo de tu carnal.

—¡Pinche Tapir, no te me pongas dramático!

—Yo no soy dramático, cabrón. Es la situación la que está de la chingada. Yo nomás te lo informo de cuates. Hasta ahí. Y mejor cortamos comunicación por un rato. También tengo un pellejo que cuidar. Doscientos seis huesos que proteger. Ya me tumbaron los dientes y estos son postizos.

—Bueno, pero dijiste que es cuestión de horas.

—Eso sí te lo puedo confirmar. No pasa de hoy o mañana. Órdenes superiores. De hecho, carnal, creo que se salvó ya de un primer intento. Tu amiga tiene más vidas que un gato.

La llamada lo ha puesto de muy mal humor. ¿Entonces cuando él salió en la madrugada, por pura casualidad en el momento exacto, a echar un vistazo sobre su paradero y pudo ahuyentar al presunto asaltante, en realidad estaba frustrando su ejecución?

¿Qué sabe ella que le ha puesto precio a su vida?

Hasta aquí la vida, por más barata, tiene un precio. Y nadie se mancha de sangre nomás porque sí. Cuando Letona vivía en Ciudad Juárez la vida valía poco, cinco mil pesos. Solo eso costaba contratar a un sicario para eliminar a alguien. Fueron las épocas del Pozolero. Pero también de muchos otros anónimos cuyas técnicas eran menos sutiles. En lugar de disolverte en ácido, dos plomazos bien dados y el cuerpo arrojado en el desierto esperando que las aves carroñeras dieran cuenta. Las épocas de los primeros destazados, como el propio hermano de Daniela en Tampico.

En el desierto o en un tiradero de basura.

Vidas y cuerpos desechables. Pero con un precio. No es que Daniela se haya convertido en un animal molesto perturbando la paz de los sepulcros. Tiene que haber algo más. Es un tema de *información*. Por eso la amenaza de la frase que le repiten y le escriben buscando aterrorizarla.

Pero ¿qué puede *creer* Daniela que sabe que valga su vida?

¿Quién está embarrado de mierda en esta historia y busca limpiarse a como dé lugar? Mucho más arriba que Careaga, como afirma el Tapir.

Lo importante ahora es pensar en los siguientes pasos. No puede llegar con ella y decirle a bocajarro que la van a matar y que tiene que llevársela lejos, esconderla. Tampoco puede dejarla sola, ni allí, vulnerable. Si al menos hubiese trabajado antes para ganarse su confianza. Pero Letona es solo el vecino de la suerte. El aparecido providencial. Y un loco, quizás. Otro más que puede ponerla en peligro. Nunca hablar del pasado. Su hermano ya no existe, el único que está pagando esa pinche culpa es él.

Tuvo oportunidades, no muchas, de aparecerse antes, de hacerle sentir que estaba allí para apoyarla. Discreta y lejanamente. Pero ahí. Dejar que fuera ella la que se aproximara al extraño del piso de arriba que siempre se ofrecía a ayudarla. O podría haberse abierto de alguna manera ante ella y simplemente presentarse como un antiguo judicial que podía darle información dorada, interna, de cómo funcionan las cosas.

Los periodistas están dispuestos a todo por información.

Pero no lo hizo y ahora es demasiado tarde. O demasiado pronto para convencerla de que tiene en él a un aliado. Cualquier movimiento en falso la haría retroceder veinte pasos, haciéndole más difícil aún la labor de escudero.

La vida no es muy seria en sus cosas.

Lo tira en la lona la duda. Lo escuece la pinche pregunta, ¿cómo lo verá Daniela Real?

¿Por qué no lo dejó entrar a su departamento, ayudarla a recoger el desmadre? Ni siquiera le dejó meter las narices. Menos va a permitir que se entrometa en su vida, decidiendo por ella.

Cuidarla ya no es suficiente.

Necesita pensar en algo. Pronto. Es cuestión de vida o de vida. La muerte, qué.

12

4:08 p.m.

—Daniela, ¿qué carajo sigues haciendo en tu casa? Ya salte de allí. Te espero hoy a dormir acá —le recrimina Óscar cuando le cuenta lo ocurrido en su departamento. Cuando le dice que está harta de ser espiada, de sentirse desnuda, abierta en canal, como una res, destazada en vida. Cuando por fin, frente al amigo, acepta que tiene miedo, que se siente débil.

Que no sabe cuánto más va a aguantar.

Óscar vuelve a la carga:

—No hay pretextos ya. Te han dejado sin tu guarida. ¿Sabes?, esa cueva que creías que te protegía es el peor lugar para esconderte. Te traes tu computadora, una maleta con ropa y las pocas cosas que necesites. Libros, ¡qué sé yo! Pero no puedes quedarte allí. Al menos yo no puedo dejarte hacerlo. Si te pasa algo, no me lo perdono, Daniela.

—Mejor ayúdame y ven a revisar que no me hayan cableado el departamento para espiarme. ¿No decías que había demasiados pájaros en el alambre?

—¿Y de qué sirve que lo encuentre? Esto se está poniendo ya demasiado serio. Tu departamento es menos seguro que Afganistán.

—Tengo que ir a entrevistar a una informante, Óscar. ¿Quedamos en algo? Nos vemos a las ocho de la noche en mi departamento, revisas todo y tomamos juntos una decisión. Me voy contigo unos días o del país, de plano.

—Trato hecho. Que conste, Daniela Real. Luego no me salgas con que no lo hablamos.

En las últimas horas se le ha recrudecido la paranoia. Lo que ya se ha convertido en una segunda naturaleza, observar a la defensiva su entorno, evaluar potenciales peligros en cada calle, en cada persona, a la vuelta de cada esquina, se ha tornado manía. Todas las personas en la calle le parecen sospechosas. El conductor del Uber, por ejemplo. Ha decidido no usar su coche para no ser seguida fácilmente, para no ser reconocida, y ahora se sube a un Jetta negro que le da mala espina. Infundada, claro, pues tiene la placa correcta, el chofer le recuerda la dirección que mira en su celular y ella asiente y se deja caer en el sillón de atrás, pensando que quizás esos minutos resguardada en el auto le permitan pensar mejor las cosas. Se sabe valiente, lo que a veces duda es su aguante.

Repasa sus notas para la entrevista. Detesta las estadísticas, por impersonales, pero tiene que introducirlas al principio del reportaje. Son aterradoras. A ella ya no le ponen los pelos de punta, se ha acostumbrado al horror. Daniela está trabajando para el reportaje solo con la Ciudad de México. En 2010 ya reportaban cincuenta y siete casos de adolescentes desaparecidas. La cifra ha aumentado novecientos setenta y cuatro por ciento. Seiscientas doce adolescentes el año pasado se han esfumado de la tierra, como cualquier cosa. La ciudad parece olvidarlas.

Pueden parecer pocas si se comparan los números, con toda su espantosa frialdad, con los del resto del país. Solo en Tamaulipas el año pasado *desaparecieron* mil seiscientas veintinueve niñas.

Y el silencio es el peor cómplice de la impunidad.

¿En dónde vivimos?

En el país de las adolescentes invisibles. Las que pueden ser violadas, torturadas, desaparecidas.

Sus padres quizá ya no las busquen, porque han perdido la esperanza, pero siempre temerán que un día les llegue la confirmación de que las han encontrado, muertas. Es su única certeza. No saben cuándo y esa espera es tan terrible como el dolor. Si tienes entre quince y diecisiete años eres la presa más codiciada. Como la chica centroamericana, Stephanie Sásiga. Siete años como *novia* del jefe de un cártel. Secuestrada. Ese reportaje le costó en buena medida la chamba.

Siete mujeres son asesinadas al día. Muchas otras desaparecen, son engañadas, obligadas a la trata. Por eso va a verse con la mujer que le escribió hace días y que dice saber cómo opera en la ciudad una de las redes, al menos la que la secuestró y torturó.

En un par de calles, según el mapa del teléfono, estará en el restaurante que ha escogido para verla. Fue la mujer, Rosaura, quien exigió que fuera en un lugar público, en un lugar donde las conversaciones de las otras mesas las volvieran anónimas.

—En un lugar donde la gente me haga sentir segura.

Daniela aceptó. No le había dado tiempo de verificar, así fuera simplemente, la veracidad de los mínimos datos de su informante. Se decía activista y parte de una fundación, Regreso a Casa. Tenía que confiar en ella. Con cada minuto del día sentía aún más apremiante la urgencia. La falta de tiempo.

Le ha mandado un mensaje de texto, comentándole que no tarda nada en estar en El León de Oro. Rosaura no le ha respondido. Llega un poco antes, de cualquier manera. Pero el silencio de la mujer la alarma. La más mínima cosa le provoca miedo. ¿Por qué quedar de verse en una cantina? ¿Y si otra vez la deja plantada? Esta vez ha sido ella la que ha insistido en la reunión, casi forzando a Rosaura con el argumento de que sabía, de todas maneras, su identidad, su pasado. No solo su actual labor como activista. Su infierno. Le obligó a aceptar que su historia era central en el nuevo reportaje. Sobre todo por el antiguo ofrecimiento de la mujer de revelarle los nombres de las cabezas de la red de trata.

El Uber, que viene por Constitución, da vuelta en la avenida Martí cinco minutos antes del tiempo acordado. Su manía por la puntualidad. La horrorosa marquesina con el nombre del lugar la detiene, como un golpe, pero aun así entra al enorme local atestado de gente a esta hora.

Intenta reconocer a Rosaura. Le ha mandado una foto por mensaje, para que la identifique y le ha dicho que no es necesario que Daniela lo haga. Ha visto muchas veces su foto en los periódicos. Ajusta la vista a la penumbra. El ruido de copas y de los grupos hablando le molesta. Quizá porque en los últimos días todo le perturba. Una mujer joven, con el pelo corto color rojo quemado, grafilado, le hace señas. No se parece a la mujer de la foto. O quizá sí. Se acerca.

Con miedo, pero se acerca a la mesa. ¿Qué puede pasarle, piensa, en un lugar tan público?

—Siéntate, Daniela. Soy Rosaura. Me cambié el pelo de la foto, ¿a poco no me parezco? No como, ni muerdo. Solo devoro —bromea—. Anda, que tengo un chingo de hambre y te estaba esperando para pedir. La lengua a la veracruzana es lo mejor de este lugar, ¿lo conocías?

Rosaura no parece hablar, sino soltar una tras otra frase tras frase, afirmaciones y preguntas por igual, sin detenerse a esperar la contestación de Daniela. Tal vez está tan nerviosa como ella.

Le extiende la mano para saludarla. Un gesto inútil, que debió haber hecho al principio, pero es su modo de callarla por un rato.

Al fin se sienta.

Rosaura hace un gesto con la mano y viene de inmediato una mesera, como si fuese la dueña del lugar.

—Vengo mucho aquí —se justifica—, es como mi segunda casa. Me siento segura. Todos me conocen. Acá no puede pasarme nada.

Rosaura ordena por las dos, sin preguntarle si le gusta la lengua, si le gusta el mezcal, si acaso quiere otra cosa. Cuando la mesera se ha ido vuelve a la carga:

—Me imagino que tienes poco tiempo, por eso pedí rápido. Así se van, nos traen de tragar y nos dejan solas.

Daniela sigue sin responder. No le da tiempo.

—Soy bendecida, Daniela. Logré escapar. La mayoría no tiene esa suerte. Me tuvieron cuatro años como su esclava sexual. Para no volverme loca llevaba la cuenta. Treinta hombres al día. Fui violada cuarenta y tres mil veces. Mira tu cara. Números. Uno más uno más uno hasta treinta, y luego un día y otro día. Pero los números no dicen nada. Me chingaron. Me hicieron adicta. ¿Cuántos años me calculas? ¿Treinta y cinco? ¿Cuarenta? Tengo veintitrés, Daniela. Y parezco tu pinche madre.

No puedes ser periodista si no te dejan preguntar, piensa Daniela. Pero también se da cuenta de que debe dejarla hablar.

—Tenía catorce cuando empecé. Me sacaron de Tenancingo y me trajeron para el defe. Ay, carajo, ya no lo podemos llamar así, ¿verdad? Me trajeron para acá. Un *novio* que me prometía de todo y me daba regalos y me dijo que me sacaría de la pobreza, que acá iba a trabajar. Una es pendeja, Daniela, y se deja engañar refácil. Primero me llevaron a Guadalajara. Empezaba a trabajar a las diez de la mañana y así hasta la madrugada. Los cabrones se reían de mí porque lloraba mientras me violaban.

—¿Puedo tomar notas? —se atreve a interrumpir la perorata.

—Como quieras, pero no sirve de nada. Mi historia te la han contado un chingo de veces. A esto te dedicas. Nomás que yo tengo nombres y desde la fundación no puedo hacer nada. Mi papel es darle cobijo a las chavitas que rescatamos. Ayudarlas a volver a ser personas, aunque no siempre se pueda. Pero tú tienes ovarios para denunciar, te vale madres ya todo. Yo ni siquiera me llamo Rosaura, ni me apellido así. Pero tengo que vivir con esta identidad prestada. Si digo que soy Karime, si me encuentran me joden. Hay mucha gente implicada muy arriba, como siempre.

—¿Clientes?

—Siempre clientes. Pero no. Son los dueños del negocio.

—¿Quiénes, Rosaura o Karime? Dime nombres y acabemos de una vez con este infierno.

—Con calma. Cómete tu lengua. Aquí es deliciosa. Y mira lo que me ha servido a mí, me he vuelto una habladora —le bromea y choca su vasito de mezcal con el de Daniela—, ¡salud!

—¡Salud!

Hay algo en la mujer que la previene de soltarse. No es desconfianza. Le cree. Hay algo en la manera en que la mira que la cohíbe.

—Me golpeaba, mi supuesto novio, con cadenas todo el cuerpo. Si me negaba a trabajar, si lloraba. Al año me regresaron para acá. Me había *iniciado* en el Guadalajara de Día, según Saúl, y ya podía tener clientes que pagaran más. Acaban de clausurar en enero uno de sus tugurios, en plena colonia Hipódromo. Número 180 de Nuevo León, si quieres saber. En esa casa trabajé yo misma por casi dos años. Cuando leí la noticia en el periódico tuve al menos un poco de tranquilidad. Sacaron de esa cloaca a cuarenta niñas y adolescentes. La mayor tenía diecisiete, Daniela. Yo pude trabajar en la fundación con ocho de ellas. Pero es muy cabrón. Me ponían una pistola en la cabeza y me enseñaban la foto de mi mamá en Tlaxcala. Me decían que se la iban a chingar si yo no trabajaba. Un día me intenté fugar y frustraron mi huida. Estuve encadenada como una semana, me drogaron peor. Saúl me gritaba que yo era una puta y que seguro me había enamorado de un cliente y por eso me quería largar.

Toma otro trago. Se aclara la garganta y sigue contando su tragedia:

—Un año más estuve allí encerrada trabajando para ellos hasta que, quién sabe por qué, alguien dio un pitazo o no pagaron la cuota semanal y la policía nos *rescató* del hotel donde trabajábamos las mejores de las chicas.

—¿Y Saúl para quién trabaja?

—Para su mamá. La matrona es ella. Lucila Armendáriz. Pero Lucila no es la dueña del negocio. Trabaja para otro, que trabaja para otro que trabaja para otro. Hasta muy arriba. Y Lucila, como comprenderás, no es la única que maneja a las chavas. Lo estamos platicando como si fueras nueva. Tú sabes todo de estos pedos. Por eso te llamé, porque los has desnudado a los cabrones.

—Pero fuera de acá. Nunca me he metido con el D.F., o como sea que le llamen ahora. Siempre he trabajado con mujeres desaparecidas ligadas a los cárteles. Más en el golfo que en la frontera, que desconozco. Hay otra gente que hace eso. Yo no me doy abasto.

—He leído todo lo que has escrito. Es hora de empezar por aquí cerquita. Quién quita y empiezas a jalar la madeja y eso te lleva a otros lugares de México. A mí me llevaron a Guadalajara. Pero a otras a Veracruz o a Quintana Roo. Es como un pulpo con mucho más de ocho tentáculos.

—¿Y por qué hasta ahora, Rosaura?

—Hay historias que tienen que esperar para ser contadas. Quizás ahora sea el tiempo. Además, ahora he encontrado a alguien más loca que yo dispuesta a escribirla. ¿O me equivoco?

—¿Me vas a decir quién maneja el negocio aquí, entonces?

—Necesito otro mezcal.

13

4:22 p.m.

Esta vez la ha seguido. Es su única oportunidad. Si la información del Tapir es correcta solo le queda esperar. Es lo que mejor le sale. Está prevenido y puede actuar con rapidez si se presenta quien se vaya a encargar de deshacerse de Daniela. Vamos a ver si pueden, piensa. Letona tiene a su favor no solo la cautela, sino la anticipación. Para ser eficaz, sin embargo, necesita estar cerca de ella.

Casi olfateándola.

Como un depredador.

Daniela ha subido a un Uber, lo que complicó las cosas. Él en su coche, siguiéndolos, intentando no ser visto. Pudo acercar aún más su auto, casi enfrente del edificio. Desde allí pudo esperar a la siguiente acción de Daniela. Un minuto después la recogía el Uber. Pudo ver la calcomanía en el vidrio. Iba detrás, sin ser notado. Un coche o dos detrás del de Daniela. A veces más, pero sin perderla de vista. No había salido muy lejos. En veinticinco minutos llegó a su destino, una cantina en la Escandón.

La contempla detenerse dudosa antes de entrar al lugar, como si algo la retuviera en la calle. Una sospecha. El miedo. Como si tuviera que leer dos veces el nombre del establecimiento: El León de Oro.

La periodista entra, agarrando el bolso con fuerza.

No se imagina a Daniela en un lugar así. Lo que los capitalinos llaman curiosamente *cantina familiar*, porque dejan entrar a niños, y mientras los padres se emborrachan o cantan canciones tristísimas, ellos se duermen juntando dos sillas, o juegan por los pasillos entre las mesas.

Fausto Letona, que nunca deseó tener un hijo, detesta ese barullo. La molestia. El descontrol. Todo eso se imagina mientras consigue lugar donde estacionarse.

No puede entrar allí nomás como si nada. Irse a sentar en una mesa cercana o lejana, qué más da. Arriesgarse a que lo vea, el vecino *acosador* que la persigue. Tampoco puede quedarse fuera, sin saber qué pasa dentro, con quién habla. O si otros, más rápidos y avezados que él la han seguido también.

Otros que pueden terminar con ella, si el Tapir dice la verdad.

También la amenaza es una forma de conseguir, por otro medio, el silencio o la retractación. Sabemos de buena fuente —le escriben o le hablan por teléfono a los periodistas incómodos— que hay tal o cual cártel que ha pensado en eliminarte si sigues escribiendo o investigando sobre ellos. O de forma menos velada: Ya te dijimos que te calles, cabrón. Te lo avisamos, pero no entiendes. Como vuelvas a escribir te lleva la chingada.

El Tapir puede estar siguiendo la misma táctica. Asustar para callar. Creer, piensa Letona, que se la pueda convencer de que es mejor retirarse un rato, esconderse lejos de la ciudad. Entonces se consigue lo que se buscaba, el silencio, sin mover un dedo. Claro que el Tapir no tiene idea de que Daniela Real no se amedrenta fácilmente. Y menos que él no posee la menor influencia en ella como para convencerla de un carajo.

Sea lo que sea, es mejor ser precavidos, permanecer desconfiados.

No conoce el lugar por dentro, así que no sabe si habrá modo de camuflarse entre los comensales, o espiar desde un recibidor, tras una celosía. Debe correr el riesgo, no tiene alternativa.

—¿Vas a entrar o qué, pendejo? —le gritan detrás, empujándolo.

Un par de imbéciles. Se quita y los deja pasar. Pero aprovecha el momento para esconderse detrás de ellos.

No muy altos. Cuadrados como roperos. Sin cuello. Pelo a rape. O policías o muy malos actores, se dice.

Abre un poco el cierre de la chamarra y acomoda la pistola en la cintura. Gestos instintivos sin otro fin que comprobar que la fusca lo acompaña, que *tiene con qué*, si la ocasión lo amerita.

Piden mesa.

Fausto se asoma, velozmente, buscando a Daniela entre las mesas. Calcula que allí hay no menos de cien personas. Todas hablando con todas. Como si hubiesen hecho una manda contra el silencio y no pudieran quedarse calladas.

Una sinfonía de gritos y voces y ruidos que nadie entiende.

La encuentra al fondo, del lado del bar, sentada frente a una mujer joven con el pelo rojo como si se lo hubieran incendiado por la mañana. Daniela toma notas en su libreta. La mujer habla.

Desearía poder escucharla.

El León de Oro no es el mejor lugar para esconderse, pero tampoco imposible. Le pide a la anfitriona que le dé una mesa. Suficientemente lejos para no ser visto, pero en diagonal, con la mujer del cerillo encendido en la cabeza dándole de frente. Y siempre puede pedir que le dejen el menú en la mesa para usarlo como pantalla. Pide un agua de horchata y una tostada de pata.

Hasta ese momento se da cuenta de que tiene un chingo de hambre. Las tripas no mienten.

Siempre le ha gustado el olor del vinagre en el encurtido de pata. No sabe la razón por la que memoria le regresa, pero siente la punzada del recuerdo cuando come patas de cerdo. Es un olor sucio. Un olor oscuro. No tiene idea. Combina con lo duro de la carne de puerco, con la textura de la piel cubriéndolas y que, quizá por el vinagre mismo, tiene siempre los pelos —o los poros— de punta.

Da una mordida a la tostada de pata. Le hubiese encantado empinarse una cerveza. Pero no puede beber. A pesar de que ya han pasado días de la quimio, el alcohol le provoca náuseas.

No se le ha olvidado el par de imbéciles que lo empujaron al entrar. Los tiene también a tiro de piedra, por si acaso. Ha estudiado sus movimientos a pesar de que para observarlos tiene que desviar la vista de la mesa de Daniela.

Este desmadre no puede durar mucho, se dice, o va a acabar loco de remate.

Mira a Daniela brindar con su acompañante, mira cómo comen los imbéciles: uno un mixiote, el otro unos chilaquiles. ¿Por qué será que a los pendejos les encantan los chilaquiles?, piensa recordando al Buldog esta mañana.

Igual y el par de pendejos es solo eso, un par de pendejos y él anda viendo moros con tranchetes. Igual la del pelo colorado no es sino una vieja amiga de Daniela y este es un día como cualquier otro y terminarán cenando pan dulce, un vaso de leche y durmiéndose temprano.

O igual ya les tocó, a él y a Daniela, vivir en el infierno y solo falta que alguien avive el fuego. Porque ya comienza a quemar.

Estos últimos meses los ha vivido entre las llamas. Quizá porque él lo ha querido así, nadie le pidió que se convirtiera en esa especie de vengador anónimo tercer-mundista. Nadie le pidió que decidiera volverse la sombra de Daniela Real. Nadie le puso una pistola en la cabeza para que se fuera de la policía.

No se debe tampoco a la voluntad de nadie.

Es una putada, por supuesto, pero no puede culpar a nadie de su enfermedad ni de la mierda que es sobrevivir a una quimioterapia. Te envenenan para ver si así te salvan. Y el cuerpo tiene que luchar, convulsionándose, vomitan-do, para vencer la mierda que te han metido, a veces más cabrona que el cáncer mismo.

Ahora lo de menos es la enfermedad. La urgencia lo mueve, le inyecta adrenalina. La llamada del Tapir lo ha puesto más alerta de lo que ha estado en los últimos tiem-pos. Le puede ganar la enfermedad, pero no los hijos de la chingada.

Termina su horchata, pide la cuenta. Tiene que estar preparado para continuar siguiéndola. Uno de sus jefes, hace tiempo, le daba instrucciones sobre cómo debía espiar a un *maloso*. Así les decía su jefe, *malosos*, como si la puta cursilería los ablandara. El suyo era un reverendo hijo de la chingada, no un maloso. En fin, la orden era clara:

—Te le pegas, cabrón. Quiero un reporte completo cada noche. Si pisa un puto chicle, quiero saber de qué sa-bor era. Violeta o tutifruti. Hasta el más mínimo detalle necesitas poner en el informe.

Hasta el más mínimo detalle.

Igual ahora. La amiga de Daniela, o su entrevistada, si es por algo que sigue tomando notas mientras come, ha de andar por los cuarenta. Entrada en carnes. Buen cuer-po, pero maltrecho. Como si se quisiera escapar de la ropa, un cuerpo incómodo vestido. Demasiados aspavientos con los brazos y las manos. Como si hablara en flamenco, bai-lando la cabrona. La mira reír, aunque no puede escucharla reír. Abre la boca, muestra los dientes disparejos. A Daniela solo puede verle la espalda, puede ver el brazo que se mueve mientras la mano escribe en la libreta de notas. Los dos pendejos, que igual solo son dos guaruras a los que les dieron chance de comerse un taco, permanecen en silencio.

Mudos.

Le cagan los mudos, porque no puede interpretarlos.

Esos dos tragan. No chupan. Solo beben coca-colas. Un chingo de hielos. Se van a quedar afónicos los güeyes.

La escena cambia. A uno de ellos le suena el celular y contesta. Se levanta a hablar, como si no quisiera que el otro lo escuchara. Habla mientras camina hacia la puerta de la cantina. Asiente con la cabeza.

Para ser pendejo al menos parece saber recibir bien las órdenes. Cambia la cara, se vuelve sumiso, como si del otro lado de la línea le estuvieran dando descargas eléctricas en lugar de instrucciones.

La conversación es breve. Regresa a su mesa y le dice algo a su acompañante. Dejan un billete de doscientos y le hacen un gesto a la mesera para que sepa que han pagado. Falsa alarma entonces su presencia allí. Ya lo decía él: dos pendejos pueden ser solo dos pendejos.

Mínimos detalles. Habría que apuntarlos todos en el informe, si él siguiera trabajando en la Policía Federal. Ahora solo necesita guardarlos en la cabeza.

Salen deprisa. Lo dejan a él más tranquilo. Ahora sí puede enfocarse en Daniela y su acompañante.

Si tan solo pudiera escucharlas.

14

5:00 p.m.

—¡Salud, Daniela Real, por las netas, por la pinche verdad, aunque duela!

Rosaura o Karime, qué importa su verdadero nombre a estas alturas, continúa de fiesta, bromista; como si la revelación fuera tan cabrona que tuviera que quitarle lo solemne. Luego le dice:

—Cada niña que desaparece es una vida cercenada, aunque no se la echen. No quedas bien nunca. Nunca eres normal ya. O no te puedes quitar la adicción a la droga, particularmente la heroína, lo que le pasa a la mayoría, o quedas tocada, pinche loca. Paranoica, por decir lo menos. O pinche orate. Oyes voces. Te lleva Pifas. Nunca te vuelves a hallar en este mundo. Para mí hacer esto es una misión, ¿lo entiendes? No por mí. A mí como quiera ya me dejaron para el arrastre. Por las que quedan jodidas. Es medio romántico, lo sé. Porque mientras haya clientes va a haber negocio y van a seguir engañando y secuestrando chavas. Cuando empecé la fundación pensé que no iba a llegar a ningún lado, que era como una patada de ahogado. Y luego hubo el primer *rescate* y empezamos a crecer y a conseguir un poco de lana para hacer nuestro trabajo. Ahora no me veo a mí misma haciendo otra cosa.

Un trío jarocho empieza su ronda de canciones por las mesas. Vestidos de blanco, con su arpa gigante y sus requintos minúsculos.

Se sueltan a zapatear y a rasguear, como si estuvieran en Boca del Río y no en la colonia Escandón. Daniela aborrece los grupos de música viva en los restaurantes. Pero esto es una cantina y los escucha:

> *Me agarra la bruja y me lleva a su casa,*
> *me vuelve maceta y una calabaza.*
> *Me agarra la bruja y me lleva al cerrito,*
> *me vuelve maceta y un calabacito.*
> *Que diga y que diga y que dígame usted,*

—*cuántas criaturitas se ha chupado ayer* —canta a voz en cuello Rosaura o Karime sin percatarse de la triste ironía de la letra del son jarocho.

> *Ninguna, ninguna, ninguna lo sé,*
> *yo ando en pretensiones de chuparme a usted.*

Dos mujeres hablan en una cantina de mierda sobre la trata de niñas y adolescentes en un país donde las canciones celebran lo mismo que ellas combaten.

Daniela se lo comenta a Rosaura. La mujer le responde:
—Es que somos unas románticas, Daniela. En nuestra tierra el más chingón es el que se roba a más muchachitas.

> *Ninguna, ninguna, ninguna lo sé,*
> *yo ando en pretensiones de chuparme a usted.*

—Será todo lo romántico que quieras, pero si de verdad podemos denunciar a los que dirigen la operación, al menos…

—No nos engañemos, Daniela. Tú mejor que nadie lo sabe. Si no son ellos serán otros. No lo hacemos porque seamos pinches mujeres maravilla, ni superhéroes. Un hijo de la chingada menos es solo un hijo de la chingada menos.

La mesera se acerca a llevarse los platos sucios. Rosaura interrumpe su perorata.

—¿Quieres algo de postre? A mí me caga el dulce.

Daniela le responde que no, que tampoco se le antoja nada más. Desde hace días apenas prueba bocado. No le entra la comida. La lengua estaba rica, suave, picante pero lo justo. Muy bien hecha. Prefiere quedarse con ese sabor de boca.

Sigue el pinche trío jarocho:

> *¡Ay!, me espantó una mujer*
> *en medio del mar salado.*
> *En medio del mar salado,*
> *¡ay!, me espantó una mujer,*
> *¡ay, mamá!*
> *Porque no quería creer*
> *lo que me habían contado,*
> *lo de arriba era mujer*
> *y lo de abajo pescado,*
> *¡ay, mamá!*

—¿Un café?

—No. Gracias, Rosaura. Si tomo un café a esta hora, ya no duermo.

—¡Puta madre! Yo duermo, aunque me tome una cocacola familiar. No me hace nada. Así has de tener la conciencia —vuelve a bromear. Eso le gusta de la mujer. No importa lo que esté diciendo, hay siempre algo de lo que reírse.

—¿Y entonces, vamos a ir al grano? ¿Me vas a decir quiénes están implicados? Ayúdame a ayudarte. Parezco necia, pero necesito nombres.

—Lucila Armendáriz, la madre de Saúl, es parte de una red enorme de trata que toca a políticos, empresarios, policías. Hasta a la Iglesia. ¿Sabías, por ejemplo, que la dueña del Guadalajara de Día, la Comanche, tenía derecho de picaporte con el nuncio apostólico Prigione?

—Lo sé. No es ninguna novedad.

—La Comanche fue una de las matronas con las que me obligaron a trabajar. Ella era cercana a casi todos los capos. A mí me tocaron los últimos. Pero el negocio ya llevaba tiempo. Desde Caro Quintero para acá. Hasta los agentes de la DEA cogían en sus antros. Todos los gobernadores le contestaban las llamadas.

—Me estás hablando de hace años. Esto ya ha sido escrito, Rosaura. Documentado.

—Algún pariente sigue manejando la red allá. Otro es quien manda a las chicas al gabacho. Las tienen como esclavas en los campos de fresas en San Fernando. En otros lados. Muchas vienen de Tenancingo, como yo. Hasta te podría dar nombres. De pronto tengo la suerte de poder rescatar a una de ellas. Como si salvara a una de mis hermanas, me entiendes. La Comanche ya murió, pero el negocio sigue. Y se ramifica. En la ciudad, sin embargo, la red es más compleja. Se diversifica según las delegaciones. En Tláhuac, por ejemplo, están todos implicados. Desde el que lleva la dirección del agua hasta los que dan permisos para bares y *giros negros*. Y eso que tienen que competir con las chicas europeas de los negocios de acompañantes. Les toca su tajada del mercado. Esa última parte es la que a ti te interesa más. La novedosa.

—Esa cloaca también ya se ha estado destapando. Desde el asesinato de Lesvy en la Universidad, aunque sigan diciendo que fue suicidio. Ya vi el video en donde el novio la golpea minutos antes de cuando, según la autopsia, murió. De verdad, Rosaura. No me dices nada nuevo, nada sustancioso. No voy a escribir un refrito de noticias. No hago historia, sino periodismo. La Comanche se murió en 2012, aunque su parentela siga en activo. Como ellos hay cientos operando en todo el país.

—¡Qué pinche impaciencia!

—Pues suelta algo sobre lo que podamos armar una historia.

—Se me había olvidado que ustedes los periodistas son como sabuesos. Necesitan carne fresca. Te he estado contando mi historia. ¿Te parecen pocas miles de violaciones? Te puedo explicar cómo opera la red. Pero las direcciones que te he dado de los lugares donde trabajan son suficiente prueba. Tienes al menos tres lugares que si investigas son una mina de oro.

—Nombres, Rosaura. Nombres. Eso es lo que necesito.

La mujer da un largo trago a su mezcal. Chupa un trozo de naranja con sal de gusano. Vuelve a beber hasta acabar su bebida.

—Hay tres páginas web que manejan a las *escorts* extranjeras. Las tres, aunque parezcan competencia, son manejadas por el mismo grupo. Consiguen visas y permisos de trabajo para las chicas que vienen de Argentina, de Colombia y de Brasil. Muchas también de Europa. Páginas *independientes* que en realidad utilizan los mismos medios, pero con clientes vip, que pueden pagar más de cinco mil pesos por acostón. Te puedo dar los nombres de los moteles en los que operan, pero como dices eso no sería revelación. Cualquiera puede investigarlo en la red. Lo que sí es oro molido, Daniela querida, es quién está al frente de todo el *bisnes*. No solo de los permisos para regentear a las chicas en varias delegaciones de la ciudad.

—Por eso te he estado pidiendo nombres.

—Nombres. De acuerdo. Pero de nada te sirven si no sabes dónde poner a cada uno. Su papel en el negocio.

Hay miedo en su mirada. Rosaura apura la copa de mezcal y le susurra, por vez primera baja la voz:

—Gerardo Careaga, el subprocurador. Él es la cabeza acá visible en la ciudad. No hay nadie que se mueva sin su autorización. Ahí tienes tu verdadera noticia.

La noticia la sorprende. Alardeaba un poco cuando le dijo a Careaga que también tenía un expediente sobre él. Sí sospechaba que era parte de otras redes de corrupción, permisos de giros negros, licencias. No esto. Es brutal.

—Necesitamos pruebas. No podemos implicar a Careaga en una red de prostitución como la que dices si no lo probamos.

—¿Quieres fotos? Aquí las tienes —le tiende una memoria portátil—, con otro regalito.

—¿De qué se trata?

—De otros implicados. No solo con la trata, también con varios secuestros. Ahí tienes todo lo que necesitas. Un videíto también. Es una bomba, ya lo verás. En los secuestros también estuvo metido Careaga. Y Saúl. Él tenía la casa de seguridad y era quien se llevaba a los levantados. Uno de ellos un periodista que no tuvo tiempo para contar lo ocurrido.

—¿Cómo te has enterado de todo eso? ¿Dónde conseguiste la información?

—Mejor que no lo sepas.

—Necesito corroborar tus fuentes si van a ser mis fuentes, Rosaura.

—¡Ah qué la chingada! —grita y pega en la mesa con la palma de la mano—. Digamos que viene de alguien a quien Saúl se la debía. También de mi pueblo. Alguien que sabe quién soy de verdad y a qué me dedico. No te puedo decir más. Y ya te dije, mejor que no sepas nada más.

Tiene ganas de irse corriendo de allí, de ver las fotos, de saber si en realidad tiene una bomba en las manos.

—¿Y Saúl? ¿Cómo hacemos para que él también caiga?

—No es necesario, Daniela. A Saúl se lo echaron hace dos meses. Todos terminamos pagando. En esta o en la otra vida, pero nadie se salva. A Saúl lo quemaron. Murió achicharrado. Hay quien dice que lo quemaron vivo. Lo único que puedo decirte es que no me duele nada. Se lo tenía bien merecido.

15

5:28 p.m.

Sale tras ella. Se ha despedido de beso en la mejilla de la mujer del pelo color rojo oscuro, como vino chafa. De esos vinos que venden ya no en galón, sino en tetrapack. La amiga ha abrazado a Daniela como si no quisiera dejarla ir. Le ha susurrado al oído. Algo no le cuadra. La forma en que la ha abrazado. Una intimidad extraña, piensa Letona.

Daniela nuevamente ha pedido un Uber. La gran ventaja es que el auto de Fausto está casi allí mismo, a unos pasos de la entrada de la cantina, sobre Martí. No será difícil seguirla. Los dos pendejos están del otro lado de la calle, observando. No se han ido. Ven cómo Daniela sube al auto y atraviesan corriendo, en medio de los cláxones de la gente. Suben a una camioneta azul marino. Otra vez vidrios polarizados, como el Buldog.

Se colocan detrás de ella. Impidiéndole la vista franca del auto de Daniela. Letona pega en el volante. ¡Carajo!

Hay un frenón. A todos les da tiempo de pisar el pedal. Cruza una pareja de adolescentes a media calle. El desparpajo, la vida que se cree eterna. Las risas. Le da tiempo de pensar en el par de persecutores. Ni tan pendejos. Tenía razón: están allí por ella.

¿Para qué la siguen? ¿Desde cuándo? Tuvieron que haber salido del departamento y venir tras ella a la cantina.

O quizá sabían de antemano a dónde iba Daniela a verse con la mujer del abrazo y la larga despedida.

¿Cuáles son sus órdenes? ¿Están allí solo para informar a quienquiera que sea su jefe del paradero de Daniela o son quienes deben eliminarla? Chingársela, como diría el Tapir.

Toman hacia el oeste. Pasan General Murguía y dan vuelta a la derecha en Revolución.

La ciudad muestra aún las heridas del terremoto. Edificios evacuados, ruinas.

Se mueve. Decenas de coches a la izquierda. Dos semáforos en rojo. Si tan solo pudiera avisarle a Daniela, hablarle al celular. Toman por la derecha. Ella ha subido entonces al Uber para regresar a casa. Es el camino.

Letona prefiere estar en territorio propio. Ejercer dominio y control de los elementos. Lo pone nervioso ir detrás de los pendejos que igual no son tan pendejos. Puede al menos ver sus movimientos, intuir qué intentan. Pararlos, si es necesario, de un plomazo. Pero no le gusta perder de vista a Daniela. Ya han sido demasiadas veces por un día. Ahora es distinto, sabe perfectamente que estos dos recibieron órdenes, aunque no tenga idea de quién. Sabe que van por ella. O al menos que tienen instrucciones precisas de no dejarla sola.

¿Qué hacer, mientras tanto?

Cruzar las avenidas.

Piensa si será posible interponerse entre los dos pendejos y ella. Imposible. Van pegados al coche de Daniela, sin temor alguno de ser identificados, de aparecer como persecutores. Letona se pone más alerta. Estos no solo la siguen. Vienen por ella.

Dan vuelta en Concepción Béistegui. Ir por calles pequeñas parece reconfortarla. ¿Se lo habrá pedido al del Uber, en lugar de irse por Viaducto?

Forman parte de un riachuelo de automóviles, de cualquier manera, y será más difícil detenerse.

Tres kilómetros hasta la casa de Daniela. Hasta su propia casa. Guarida o parapeto de vigilancia. Tres kilómetros hasta recuperar el control. Le cagan las persecuciones, solo funcionan en las películas. En la vida real hay demasiadas variables, demasiados imponderables, o simplemente demasiados pinches coches como para perseguir exitosamente a tu presa. Le caga también la frasecita, la selva urbana. No tiene nada de selvático. Es un páramo, un desierto, un lugar inhóspito lleno de hienas y chacales solamente.

Miles de aves carroñeras.

Como él, que vive y se alimenta de la muerte.

La ciudad es un inmenso cementerio. Una fosa común. Una tumba abierta.

Si sigue tan despejado en pocos minutos darán vuelta en Petén.

Se escucha una sirena. Letona, aún más alerta, busca de dónde proviene el sonido. Detrás de ellos. ¿Una ambulancia? ¿Una patrulla? ¿Alguien alertado por los pendejos que también quiere anexarse a la caravana?

Cuando la ambulancia de la Cruz Roja, destartalada, vieja, pasa de largo, a Fausto le da risa su paranoia. Es lo malo de este trabajo, piensa, que no hay un minuto del día en que no estés en guardia. Esperando lo peor.

Calcula que les faltan no más de tres minutos para dar la vuelta en Petén. Un semáforo vuelve a detenerlos. Uno de los hombres, el que va de copiloto, habla por su celular. Quizá reciba órdenes, quizá solo esté transmitiendo las coordenadas de su presa, esperando por la instrucción última, la fatal.

Son como niños, porque algo le dice al conductor y este le descarga un zape en la cabeza. Dos adolescentes desmadrosos en lugar de dos aprendices de matoncitos. Son los más peligrosos, no por pendejos, sino por nerviosos. Lo ha visto demasiadas veces. La pistola descargada porque ha podido más el sudor que la calma. Porque el que la porta no siente que es muy macho con su fusca, sino por lo contrario. El que carga un arma puede volverse débil.

Muy frágil.

Sin otra conciencia de que debe defenderse, apretar el gatillo, descargar la pólvora. La pistola puede ser, más que una defensa, tu sentencia a cadena perpetua. Tantos pendejos que nunca deberían empuñar un arma.

Para un exmilitar el pensamiento es extraño. Y lo sabe. Pero está convencido: este mundo sería mucho mejor si nadie trajera pistolas, escopetas, metralletas. Kalashnikovs, misiles. Una puta bomba atómica. Arsenal nuclear. La escala es infinita pero la estupidez humana es la misma.

Lo curioso es que el auto de Daniela arranque tarde y que el par de pendejos esté a punto de estrellarse con el Uber. Buenos reflejos, al menos. Él aún no había puesto el pie en el acelerador, a pesar de haber visto la luz verde del semáforo. Milésimas de segundo. Todo el universo puede estallar en milésimas de segundo.

No se necesita más tiempo para cagarla.

Los autos avanzan. Los otros carriles también van repletos. Al menos veinte coches están detenidos en ese semáforo. Fausto aprovecha la lentitud y se cuela detrás del coche de los perseguidores.

Poco después, Daniela —o su conductor— dan vuelta en la calle de su edificio, en Petén. El auto de Daniela se detiene antes de su destino. Parece que a última hora se ha bajado en la vinatería.

Se mete en la tienda de vinos.

Arranca el Uber vacío. Los pendejos frenan. Uno de ellos se baja y camina hacia el local donde ha entrado Daniela.

Letona ve las cosas en cámara lenta, revisa la pistola. Es su amiga. O tal vez su única compañía.

Cuando tiene la pistola entre las manos, siempre, el tiempo se hace más lento. Infinitamente despacio. Puede ver las cosas en otra dimensión. Se percata de los colores, de las distancias. Puede observar cada gesto, cada minúsculo movimiento de las cosas.

Hay gente que siempre debería ir armada. También así el mundo sería mejor. Porque sería más fácil deshacerse de todos los pendejos.

Quita el seguro, baja la ventanilla.

Parece demasiado tarde.

Daniela sale de la tienda, una bolsa de papel con una botella de vino. La backpack habitual en la espalda. El hombre, uno de los pendejos, la toma del brazo y luego la jala del cabello, intentando meterla al auto. La van a levantar. Letona arranca su coche y lo estrella contra la defensa del auto de enfrente. Se escucha el golpe. Suficiente para que el que trae a Daniela se distraiga mientras voltea al choque. Daniela se desafana y alcanza a dar una patada certera en el plexo de su captor, que cae al suelo. El hombre le grita, pero ella no escucha lo que le dice, ha sacado el aerosol y se lo vacía en la cara. El pendejo se dobla hacia delante, cierra los ojos por un momento.

Ella entonces le rompe la botella en la cabeza.

Escapa corriendo.

El hombre, medio maltrecho, se levanta y corre al coche. Al conductor parece valerle madre el choque y se alejan los dos a toda prisa con la defensa golpeando el pavimento. Letona arranca mientras alcanza a ver cómo Daniela entra a su edificio.

Fausto Letona se percata por vez primera de lo ridículo que ha sido pretender protegerla sin éxito. De su machismo de pacotilla. ¡Vales pura madre!, se dice.

Ella no lo necesita.

16

6:12 p.m.

Han sido unos minutos espantosos.

Normalmente mira a los lados cuando corre, incluso si se siente perseguida. Pero esta vez ni siquiera supo si respiraba o si inhaló todo el aire de una sola vez y vino a exhalar en un infinito suspiro cuando al fin cerró la puerta con los tres cerrojos. Aunque el hombre no le había dicho nada ella se repetía la frase: *Ten miedo de lo que crees que sabes.*

¿Por qué?

Cuando te han logrado amedrentar, todo lo que piensas o sientes gira en torno a la fuente del miedo, al origen del pánico. O es más bien que el pánico no te deja pensar.

Así fueron los tres minutos o menos que tardó en escapar de su asaltante, tirarle la patada sin pensarlo y sorrajarle la botella sobre la cabeza con toda la fuerza que le provocaba la ira contenida y luego salir en fuga hacia su refugio. Sin ver la calle. Sin mirar si había otros persiguiéndola o contemplar el choque repentino que le salvó la vida.

No existía nada que no fuera la sobrevivencia.

Hay quien dice que aumenta la percepción, que todo se vuelve más claro. No es el caso. No veía nada. No escuchaba nada. No sentía siquiera las piernas. Toda ella era esa carrera alocada. Llegar a la puerta cancel del edificio, abrirla y subir los tres pisos que la separaban de su refugio.

Entrada. Rellano con la caseta vacía para un guardia que los vecinos nunca tuvieron dinero para contratar y ahora solo se usa para la correspondencia. Rellano, escaleras: tres pisos. 3b. Su puerta.

Tres cerraduras. Primero la de abajo, la más difícil.

Luego la de en medio, luego la de arriba. La más larga. Un cerrojo de prisión que ahora teme no llegar a abrir.

Pero solo le interesa estar dentro, no reflexiona. No voltea a ver si alguien más ha subido tras ella, si corre peligro.

El pavor es así. Te mueves, pero no sabes por qué. Es como si finalmente huyeras de ti mismo, no de los otros.

Azota la puerta. Se encierra. Otra vez los tres cerrojos. Empieza por el de arriba esta vez y sigue en orden. Cae al suelo. Exhausta. Apenas entonces se da cuenta de que casi no respira. De que su aliento entrecortado no la deja sentirse viva, tomar oxígeno.

Tiembla contra la madera de la puerta. El piso frío debajo de sus rodillas. Suda. A pesar de estar quieta sigue sudando.

Le escurren gotas de la frente que le nublan la vista.

Cosa rara. No piensa. No recuerda. No hay nada que no sea su cuerpo contrito sobre el duro suelo. No recuerda. Es como si estuviese ya muerta.

El tiempo se detiene. El mundo se detiene. Ella absorta. Fuera de su cuerpo. O fuera del departamento, también. En otro lugar.

Entonces regresan poco a poco los pensamientos y se van agolpando en su cerebro, sin acomodarse, desordenados. Recuerda al fin la conversación con Karime o Rosaura. Se acuerda del *flash drive* que tiene en el bolsillo del pantalón con los datos inculpatorios y las fotos.

Ha arrojado la backpack al entrar al departamento y ahora la ve, al fin, como si fuera la mochila de otro.

Está a un paso de ella. Lo único que necesitaría es un movimiento para sacar la computadora, insertar la memoria portátil y abrir los archivos. Comprobar las palabras de la mujer.

Está tan cerca y tan lejos.

Le cuesta un enorme esfuerzo siquiera estirar la mano. Moverse. Es como si se hubiese convertido en un monolito.

Instintivamente cierra los últimos dos botones de su blusa, como si ese gesto la arropara. Se levanta y se mira en el espejo de la entrada que, traidor, la devuelve al presente.

La regresa, aterrorizada a la inminencia de la muerte.

Se mira el rostro. No porque lo desee, sino porque su imagen está allí frente a ella, como si fuese la cara de otra. Una desconocida.

Una asustada.

Le asombra ver su cara —o la cara de esa otra— presa del pánico. Pero lo que más le duele es que los ojos no tienen expresión alguna. Son los ojos de quien siente que ha perdido.

Son unos ojos muertos. Sin esperanza. Son los ojos del olvido.

Hace tiempo Óscar le dijo que necesitaba conseguirse una pistola. Que no podía seguir desarmada esperando a que se la echaran. Le compró un pequeño revólver y la llevó más allá de Desierto de los Leones dizque a practicar.

No sabe en realidad cómo carajo usar un arma. Su padre le dijo alguna vez que las armas son para usarse, o que no tiene caso andar cargando una. Su padre siempre llevaba una pistola en la guantera del coche, lo que a ella le parecía absurdo. Nunca lo vio usarla, limpiarla, cargarla. A pesar de los esfuerzos de Óscar no tiene idea de cómo hacer todas esas cosas. Se acuerda de cómo quitar el seguro, pero no sabe si tendrá la fuerza para apretar el gatillo. Por eso solo lleva el gas pimienta en la bolsa.

Tiene razón Óscar, lo mejor es irse del departamento, pronto. Pero sin ser notada. Esa es la clave. Los tipos que querían levantarla venían siguiéndola, seguramente desde el bar.

Si no hubiese reaccionado con esa velocidad, la hubiesen metido al coche. Todo se hubiera acabado de golpe. Siente urgencia. De terminar con ella de una buena vez.

Intentó sacar toda la fuerza en esa patada. Pura adrenalina. Instinto. También ayudó el karate hace años. Defensa personal en la preparatoria. Eso no sirvió de nada. Pero luego aikido, por no dejar. Porque en ese entonces el *dojo* estaba a pocos metros de su casa y porque tenía tiempo por las tardes y la clase justo empezaba a las seis, cuando ella volvía. Ahora agradece las lecciones proverbiales que en ese momento eran solo puro entretenimiento y sudor. Tanta defensa personal y tuvo que usar el aerosol.

Le marca a Óscar:

—Ahora sí por poco y no la cuento. Me intentaron levantar. A unos pasos de aquí. Apenas llegué corriendo y estoy encerrada como en una mazmorra, Óscar. Tengo que irme de aquí, pero no puedo salir. Me siguieron. Tal vez sigan afuera. Al menos aquí dentro estoy bajo siete llaves. Necesito mandar un artículo hoy. Es importantísimo que termine.

No le dice lo avanzado que está, que ya lo había investigado hasta el cansancio, pero que ahora tiene nuevos nombres. Fotos y videos, según le dijo Rosaura. Necesita ver lo que contiene la memoria portátil.

Mientras habla nota cómo se le salen las lágrimas. No es un llanto. Es rabia. Un coraje que no contiene ningún dique. No los normales. Ni el pudor, ni el orgullo. Es Óscar con quien habla. Él la conoce casi mejor que nadie. Es su hermano. Siente, mientras le habla, que está vez sí está a punto de romperse.

Él la interrumpe, molesto:

—Daniela. No hay tiempo para estar escribiendo ahorita.

—Entonces necesito comprar tiempo. O lo escribo o lo escribo.

—Estoy súper lejos. Pero ya me voy para allá. No salgas. No abras la puerta. No hables con nadie. Te marco cuando esté cerquita.

¿Cuántos minutos? ¿Horas? Tal vez ni siquiera llegue a tener horas. No si se queda aquí, tentando a la suerte.

Esa perra rabiosa.

Pero salir sería temerario.

Tiene poco tiempo para actuar. Son escasas sus armas. La velocidad y las palabras. Y la información. Piensa probar con *Animal Político*. Necesita escribir el reportaje y hablar con el director de la página. Tiene que comprometerse a publicarlo hoy mismo. Mañana a lo sumo. La ventaja del periodismo en línea. Se puede *colgar* un artículo cuando se quiera. No tendría caso subirlo a su propia página. Necesita que la noticia se propague de inmediato. Es su salvoconducto, lo único que puede otorgarle cierta inmunidad temporal.

Habla con el editor del periódico, le explica de qué se trata. Busca compartir la sensación de urgencia.

Varios tienen que caer con el escándalo.

Seguro eso le dará a ella un respiro.

17

6:23 p.m.

Fausto toca a la puerta de Daniela. Tendrá quince minutos desde que entró a su departamento. Ha dejado pasar un lapso prudente, pero no puede quedarse más tiempo fuera de la jugada, viendo los toros desde la barrera. De alguna manera debe intervenir, no solo como un actor de reparto en la pinche obra de mierda que se está escenificando frente a sus narices. O le entra o le entra.

Daniela debe tener su propio plan. De eso está seguro. Nadie se arriesga a tirarse al abismo así como así. Y tampoco puede ser que esté únicamente reaccionando frente a la adversidad. Porque el mundo conspira en su contra.

Y sus enemigos son demasiado poderosos.

Toca a la puerta de Daniela.

Ha dejado atrás la calle. Los gritos, los curiosos. Movió el coche, claro. No iba a darles el lujo de implicarlo también en ese desmadre. Lo guardó en el estacionamiento haciéndose pendejo, como si no hubiese ocurrido nada. Una mujer corriendo a toda velocidad por la calle. Algo normal en medio de la ciudad del terror cotidiano. La ciudad oscura donde ya no hay afrenta, donde todo es tragedia. Sangrienta carcajada de espinas de nopales. Ardiente comal, ciudad de la muerte.

Testigo silencioso.

Toca a la puerta de Daniela.

Aunque el tiempo se detenga, él no piensa irse de allí hasta obtener respuesta.

Ahora sí no le importa cómo lo interprete. La vio correr después de estrellarle la botella a un hombre en la calle. Tiene suficiente pretexto como para abordarla, indagar su estado. Ofrecer ayuda, convertirse al fin en verdadero aliado.

La siguiente vez puede ser demasiado tarde.

Daniela tarda en preguntar, del otro lado de la puerta, quién es el que llama. Lo observa por la mirilla. Fausto ve, borroso, el ojo de Daniela. El ojo que podría ser también el de un pescado nada fresco. Se miran mirarse. Con desconfianza.

Como si ese gesto de los ojos no hubiese ocurrido, continúan las palabras:

—¿Quién es? —una voz distinta, la voz del miedo que pregunta.

—Daniela, soy Fausto.

Silencio. Brutal el silencio.

—¿Qué se le ofrece? —escucha que le preguntan del otro lado.

—Nada. ¿Está bien? La vi correr por la calle. Yo fui quien le pegó al coche de esos cabrones.

—Estoy bien. Todo bajo control —miente. Hace tiempo que no hay nada *bajo control* en su vida.

—Los tipos salieron corriendo. Nada que temer por ahora. Por eso subí corriendo, Daniela. ¿Le puedo ayudar?

—No creo que a estas alturas alguien pueda ayudarme. Un asaltante cualquiera. Me salvé. Es todo.

—¿Otro asaltante en tan pocas horas? ¿No le parece demasiada casualidad? ¿Quiere que llamemos a la policía o que vayamos a denunciarlo a la delegación?

—Para qué. No sirve de nada.

—Por lo menos para que esté tranquila. Una denuncia contra quien resulte responsable.

—Tengo mucho trabajo, Fausto. Perdóneme que no pueda atenderlo. Estoy bien. Le agradezco su oferta de ayuda, pero no es necesario.

La voz de Daniela del otro lado de la puerta. Entrecortada. Áspera como una lija del dos.

—Tiene mi número. No se le olvide. O si quiere nomás me echa un grito. Voy a estar acá arriba toda la tarde. De veras, con confianza.

Se escucha hablándole a Daniela y se siente estúpido.

—Gracias, Fausto —le dice. Su voz como lija aún, su voz más distante que el ojo que no ha despegado de la mirilla. Un ojo borroso que él imagina no de pescado sino de batracio.

No le abre la puerta.

Él se retira sin pronunciar palabra alguna.

Ya en su departamento toma el teléfono y llama al Tapir:

—Puedes decirle a tu jefe que se la peló. No se pudieron chingar a Daniela Real. Ya lo decías, esa vieja tiene más vidas que un gato. ¿O ya le habrán avisado sus achichincles?

—¿Qué pedo contigo, Letona? Uno se pone de pechito al ayudarte, ¿para qué? ¿Para que salgas con que yo tengo algo que ver con la bronca de tu amiga? Ni madres. Eso me pasa por pendejo. Oigo cosas, te paso el *tip* y me avientas toda tu mierda. Con esos amigos…

—Dos cabrones de baja monta. Diles que si quieren realmente eliminarla tienen que subir la apuesta. No te chingas a alguien como Daniela con novatos. Y también aconséjale a quien te paga las tortas que disimule un poco. Estos hasta el pelo de sardos tenían. Al más pendejo le pusieron una putiza.

—Dirás le puse.

—Ahí también te equivocas, Tapir. Fue Daniela solita. ¡Qué buena madriza!

—Ya te dije que yo no tengo nada que ver ni sé a quién irle a contar la historia. Pero me da gusto por ti y por tu amiga. ¡Salud, hijo de la chingada!

—Otra cosa, antes que cuelgues. La siguiente no solo se los van a madrear.

—¡Qué bien chingas, Letona! ¿Ya se te olvidó cuando el que hacía los trabajitos más culeros eras tú? Y yo teniendo que acompañarte a veces nada más para limpiar la mierda que dejabas tirada. Te quedan algunos cuates, cabrón. Aunque te empeñes en que te detesten.

—Por eso te lo digo, Tapir. Porque soy tu cuate. Si no yo mismo te buscaba y te colgaba de los huevos.

Cuelga. No lo deja contestar. Sabe que lo más seguro es que su amigo de verdad no esté implicado esta ocasión en el asunto, pero también conoce de sobra los caminos dentro de la procuraduría. Y el Tapir va a salir de su madriguera y va a hablar. Con quien haya que hacerlo.

El mensaje llegará a buen puerto.

Luego repasa las opciones, intenta revisar lo ocurrido. Pero le duele la cabeza, una migraña de mierda. Antes dos pastillas lo aliviaban del todo. Antes de Ciudad Juárez. Luego los analgésicos dejaron de tener efecto. Vino la coca. Poco a poco la fue necesitando como a una amiga silenciosa y fiel. No todos los días. Solo de vez en cuando. Cuando lo asaltaba ya no el dolor sino la depresión más cabrona. Un muro negro. La carcajada del diablo. Así la bautizó: la pinche risa descarada del demonio cagándose en ti. Mucho más que soledad. Un muro negro: el puto vacío de la nada. Luego tampoco la coca tuvo sentido. Unos minutos de euforia, de felicidad pendeja, también vacía. El vacío desdentado de la boca infernal. Letona, su súcubo.

Qué ganas de una pipa de heroína.

Fumar la paz.

Le ha huido desde el diagnóstico del cáncer. A pesar del dolor de la quimioterapia. No es un adicto. No aún. Y puede controlarlo. Es él todavía quien ejerce el poder sobre la droga. Entiende que no por mucho. No con la debilidad del enfermo terminal. Por eso le ha huido. Sabe los riesgos.

No habrá pipa de heroína. Unos toques de mariguana, solamente. La inútil sedación de los imbéciles, piensa. Se tendrá que conformar con el leve aturdimiento del cigarro.

Lo enciende. Chupa. El humo lo reconforta.

Otra lucidez se apodera de su cuerpo. Un poder mayor que su mente nublada que no sabe qué carajo hacer.

Entre el humo emerge Daniela y Fausto Letona sueña que la abraza y la protege y que ahora sí no va a pasar nada. Se deja ir.

Dormita en ese sueño temporal. Ese es su único consuelo.

18

7:10 p.m.

Está a punto de terminar el reportaje. Tuvo que atender la puerta y disculparse con Letona, el vecino, quien había visto lo ocurrido en la calle. ¿Se puede justificar la violencia, aunque no tenga explicación alguna? ¿Basta decir que actuó en defensa propia? No tenía intención de ponerse a discutir con él, o de dejarlo entrar a su departamento. Menos aun de aceptar su ayuda. ¿Para qué iba ella a necesitarlo cuando de nuevo se había salvado de la muerte? ¿Iba acaso él a ayudarle a descubrir quién estaba detrás de los *fallidos atentados*, como ya los llamaba no para etiquetarlos o clasificarlos, sino para reírse de ellos?

Seguía dudando de Letona. Y, sin embargo, le quedaban pocos refuerzos para su guerra. Óscar, si se aparecía. El editor de *Animal Político*, mientras no lo silenciaran. Nadie más. Quizá Fausto, si finalmente la reticencia que la alejaba del vecino se desvanecía. Daniela Real muchas veces operaba en ese espacio entre la razón y la intuición que es la corazonada. Porque el corazón también piensa. Un día leyó, de hecho, que el corazón y los intestinos también están ligados al sistema nervioso y que, por así decir, poseen neuronas. Así que puede pensarse con el corazón o con las tripas, se dijo, después de su lectura.

Y muchas veces, como ahora con el temor, o al menos el recelo por la verdadera agenda del vecino, sus *pensamientos no razonados*, como también los llamaba, funcionaban mejor que su supuesta inteligencia. Por corazonada había confiado en entrevistarse con Karime —como antes con la chica centroamericana que escapó del cartel—, y le había redituado.

Había leído con cuidado los documentos que le había grabado en la memoria portátil. Había visto las fotos, ampliadas en su computadora, acercándose a los rostros de los hombres implicados. Había redactado los pormenores del caso, ligándolos a otras redes de pederastia y trata que había denunciado antes. Desde hacía ya casi seis años ese tema, al que llegó por casualidad, se había convertido prácticamente en el único de su carrera periodística. Una carrera que algunos se empeñaban en que llegara a su fin. Para siempre. La trata y las desapariciones. Había construido su propio mapa personal, en la ciudad, o en los estados conurbados, de las mujeres desaparecidas. De las historias sin final feliz. No porque la de Rosaura o Karime o como verdaderamente se llamase, fuera del todo feliz. Nada que ver. Al menos no había acabado cercenada o destripada, o decapitada o incinerada.

Estaba viva.

Sus últimas dos investigaciones, ya continuadas por su cuenta, después de haber sido obligada a abandonar el periódico, fueron las más brutales. Nunca terminaría por acostumbrarse a la absurda violencia que parece propiciar el cuerpo femenino. Una de las dos mujeres podría haber sido ella misma. Veintinueve años. Desaparecida por un mes. Salió en su coche de Naucalpan. Alerta Odisea. Un nuevo nombre para lo mismo. Lo que en el país se llama Alerta Amber, en el Estado de México lo llaman desde 1991 Alerta Odisea. El nombre no cambia la cruda realidad. Lo absurdo del feminicidio. Veintinueve años. Era doctora. Se llamaba Jessica. No encontraron el coche.

Un Mazda rojo.

Sí su cuerpo, un mes más tarde. Hacía apenas seis días. Un brazo más allá. A un metro de donde, escondido tras la maleza, se encontraba ese cuerpo desmembrado. Sin cabeza. El cráneo aún más allá. Como si fuese de otro cuerpo. Como si una cabeza pudiera estar sola, separada del cuerpo. Sembrada en el campo de hierbas silvestres que crece junto a la carretera. Entre Naucalpan y Toluca. A la comunidad cercana la llaman El Hielo.

De hielo parecen estar hechos quienes son capaces de violar y tirar a alguien, después de romperlo con saña. Como a Jessica.

Ella se encargó de atar los cabos, de seguir las investigaciones, los descubrimientos, entrevistar a la familia. Pedir justicia. Eso era ella, una *periodista justiciera* no por gusto, sino porque es lo que se necesita.

Veintinueve años.

La otra mujer era aún más joven. Y mucho más pobre. Dieciocho años. Mariana Joselín, de Ecatepec.

Salió de su casa. Era de día. Había luz. La consigna del municipio, incluso en la página web, reza: *evita caminar sola por las calles menos transitadas*.

Mariana iba sola. Una sinfonía de colores: camisa amarilla, tenis morados, unos *leggins* negros. Iba a la tienda y la secuestraron antes de llegar. Un tipo la maniató y la metió a la carnicería. Poco duró dentro del local. El que la mató, destripándola como res, vivía allí de prestado. El carnicero le había dado cobijo y le pagaba unos pesos por la ayuda con la tienda. Nunca le preguntó de dónde venía. Gracias al reportaje de Daniela, se sabe que de haber intentado matar a su madre en Morelos. Ella fue la que investigó el caso.

El tipo está libre. Se llevó dos mil pesos de la caja registradora. Y con él la vida de Mariana.

Pero antes la violó y luego le abrió el estómago y la dejó que se desangrara.

El reporte médico era atroz. La sangre cubría el piso de la carnicería. Las compras de Mariana, unas cuantas verduras, una lata de chiles, regadas en el piso, con los intestinos de fuera también allí, esparcidos.

De nada sirvió la Alerta Odisea. Dos días duró la búsqueda.

Había dejado de sentir asco o repugnancia. A Daniela solo le quedaba la rabia de que cabrones como el asesino de Mariana estuvieran libres. O de que gente como Careaga y sus cómplices pretendieran *limpiar* el país de la escoria siendo parte de su gangrena, de su enfermedad, tumores de un sistema que había venido descomponiéndose desde quién sabe cuándo.

Ve las fotos de las fiestas que Rosaura le proporcionó y en lugar del asco o la repugnancia viene el deseo de justicia. Algo más elemental, casi primitivo. Algo como la ley del talión. Le gustaría que cada uno de ellos pagara, de algún modo cruel, por sus crímenes.

Es un pensamiento, tan solo, que pasa pronto. Algo parecido a la urgencia física, a lo más elemental. No se puede estar protegido mientras haya depredadores fuera, listos para atacar, dispuestos a lo brutal.

Ella pertenece a otra especie, entonces. Una en vías de extinción, o del todo extinta de la que no quedan especímenes. No. No es cierto. Quedan muchos. A pesar de los que se empeñan en aniquilarlos.

Queda gente como Rosaura, como ella misma.

Permanece, aunque parezca la llama de una vela que se apaga, una mínima esperanza.

Pone música en su computadora. Hace tiempo que ni siquiera se da ese lujo, como si fuera una osadía salirse del mundo y dejarse sumergir por las notas de su ópera favorita. *Tosca*.

Ahora solo necesita soledad y tiempo.

Las fotos proporcionadas por Rosaura son suficientemente inculpatorias. Tres. Una de ellas borrosa, pero aun así se alcanzan a ver los rostros de los implicados. Las otras dos son mejores. Las tres instantáneas se tomaron en fiestas, o francas orgías. Con muchachas muy jóvenes. Casi niñas. Suficiente para inculpar a los implicados en prostitución infantil. Y de otras cosas. En la menos clara además se ve a dos de los hombres aspirando coca. El tercer personaje de la foto parece estar obligando a una niña a hacer lo mismo. Aprieta el cuello de la muchacha cuya nariz se encuentra casi encima de una línea de polvo blanco. Es Careaga. Puede reconocérsele sin dificultad porque mira de frente a la cámara. Obra quizá del cinismo. Saberse fotografiado y, aun así, con desparpajo continuar en la acción. Las otras fotos pudieron haber sido tomadas sin que los participantes en la bacanal se dieran cuenta, pero esta no. Daniela siente asco frente a la impunidad.

Esa es la verdadera enfermedad. No el poder absoluto. La absoluta impunidad.

De los hombres aspirando coca con las niñas casi desnudas, Daniela puede reconocer a un exgobernador y a un actual senador de la república. Los padres de la patria fornicando con sus hijas, la podredumbre del país en el que le tocó vivir.

Cuando va a ver de nuevo el video llaman a la puerta. Se molesta. ¡Que no sea otra vez Letona!, piensa en un inicio. Pero luego la recorre un escalofrío. Y si es el hombre al que ha golpeado, o uno de sus cómplices, o quien la mandó a matar…

Vuelve a sonar el timbre.

Daniela se asoma por la mirilla. Suspira, aliviada. Es Óscar.

—Llegaron los refuerzos —escucha que le dice—, ¡ábreme, Daniela!

Tres cerrojos dan vuelta como si destrabara la compleja combinación de una caja fuerte.

19

7:36 p.m.

El ruido lo saca del trance, o del sueño.

Es el celular que se le ha caído de la mano y ha rebotado en el piso.

No tiene idea de cuánto tiempo ha estado allí. Sudando frío. En el sillón de la sala. Ausente.

Mira la hora. Poco después de las siete y media. Ve borroso, apenas empieza a ajustar la vista a la oscuridad. Más bien a la penumbra.

Regresa de ese estado de sopor y entrega al que lo somete la droga. Por eso le teme. A un pinche carrujo. Pero cuando consumía heroína. Nunca ahora, no desde que empezaron las quimios. Se relajó totalmente. Y vio. Curioso, porque la percepción no le vino de la realidad, sino del efecto de la mariguana. La sensación de lo ocurrido parece venir del sueño, no de la memoria. Pero es un recuerdo. La segunda vez en que, también más por instinto que por placer, asumió su papel de vengador anónimo, de vigilante. Estación Popotla del metro. Línea 2. Él se subió en el primer vagón en Panteones, rumbo a Taxqueña. Iba a ver a un *cliente*. No uno de esos que lo contrataban ahora para que se hiciera cargo de su seguridad. En este caso no. Un cornudo que necesitaba saber qué hacía su esposa por las mañanas.

Un caso que no pensaba aceptar. Pero tenía que verlo. A un amigo de un amigo no se le rechaza por teléfono. Tendría que aparentar interés, luego recomendarle a otra persona, una a la que no le importara andar siguiendo a una mujer durante días, tomando fotos inútiles.

El horno no estaba para bollos, ardía con fuerza de otras lumbres, para otros panes. Letona dormitaba en el metro, con la hueva de quien sabe que de todas maneras está perdiendo el tiempo y solo hace un favor a un tercero.

Pero en este mundo egoísta al menos un poco de solidaridad no está de más.

Era de noche. Conducía una mujer. En Popotla se detuvo, explicó por altavoz que iba a haber una demora para ajustar tiempos con otro convoy que se había detenido por avería. Cinco minutos después un tipo empezó a golpear en el vidrio de la conductora, desesperado:

—Órale, culera. ¿A qué tanto esperas?

Un minuto después, volvió a la carga:

—Órale, culera. Para qué ponen viejas a conducir el metro. No saben ni madre. Arranca, culera.

La mujer abrió la puerta, encarándolo:

—No ve que hay niños en el metro, joven. Eso no se hace.

El hombre la empujó contra el vagón, amagando con golpearla.

—Ya te dije, pendeja. O arrancas o te chingo.

Fausto Letona contempló la escena primero sorprendido, luego más bien encabronado. Esperó a que la conductora volviera a su puesto, a que cerrara su puerta. Sin embargo, el vagón no podía avanzar. Solo entonces, tomándolo por detrás, le aplicó una llave al brazo del agresor y lo sacó de una patada del vagón. No le importó que los pasajeros lo miraran.

Estaba emputado. El monstruo se había apoderado de él.

Tres patadas primero.

—A ver si aprendes a tratar a una dama —le gritaba.

Luego lo tomó del cuello de la camisa y lo levantó en vilo.

—Hoy te salvas, pendejo. Nomás porque estoy de buenas. Como te vuelva a ver ya no la cuentas.

Lo volvía a golpear mientras lo amenazaba. Hasta ese momento Letona se dio cuenta de que el hombre estaba borracho. Peor aún. Lo arrojó contra la pared y salió caminando sin esperar el nuevo tren.

No porque le importaran las cámaras de la estación. O los testigos que iban entrando y habían presenciado la madriza.

Necesitaba aire. Eso era todo. Respirar en la superficie. Pensar.

No era un lobo solitario. México se había vuelto así, impredecible, como él. Con locos haciendo justicia por su propia mano. Las famosas autodefensas en Michoacán hasta la madre de los carteles y los secuestros.

Alguien siempre empieza.

El pendejo del doctor Mireles, por ejemplo. Aunque se haya sentido tan cabrón que pensó que nadie se lo iba a cobrar. El propio gobierno lo entambó, dizque por portación indebida de arma solo permitida al ejército.

Lo de siempre.

Pero había conseguido armar una pequeña milicia. Y se había asociado con otros vigilantes de comunidades cercanas. La consigna simple: ni una persona más secuestrada, ni un narco en el territorio vendiendo o transitando.

Civiles haciendo la labor del gobierno, obligados a armarse hasta los dientes para poder defender a los suyos.

Elemental. Primitivo. Puro instinto.

Sobrevivir o dejarse vencer.

Alguna vez Letona hizo cálculos. Un país de ciento veinte millones de personas secuestrado por no más de mil quinientos narcos, contando a los capos y a los sicarios más importantes. Porque los campesinos, los muchachos vendiendo en las calles, los matoncitos de domingo, esos no cuentan.

El pedo es con las cabecillas.

Ni el uno por ciento de la población ha decidido destruir al país.

Por impunidad, por colusión, porque es fácil vivir con las manos untadas de billetes y de sangre, habría que sumar a los otros, ¿cuántos? Miles en la política metidos hasta las rodillas en la mierda.

Entonces vinieron las autodefensas. No eran paramilitares como en Colombia, sino personas comunes y corrientes. Un doctor, un maestro, un abogado. Un ganadero hasta la madre. Al menos Fausto sí estaba entrenado. No era exactamente lo que se llama un civil. Sino un militar retirado.

Doblemente retirado, del ejército y de la policía.

Los dos lugares manchados de mierda hasta las narices.

No tiene idea por qué salió de su retiro, por qué motivo empezó a sentir placer en esos pequeños actos de *justicia*. Sabe, eso sí, que al principio a él mismo, que los perpetraba, le parecían no necesariamente justos, al contrario, fuera de la ley. Hasta que se dio cuenta de que la ley puede también no ser legítima.

Como ahora que regresa del sopor de la mariguana y le viene completa la escena del metro. Ha dejado de sudar.

Al fin regresa mientras el celular vibra como un animal ansioso y suena el timbre de una llamada. Es el Tapir:

—Ya pasé el recado, pinche Letona. Hasta donde pude llegar de arriba.

—¿Ves? Yo sabía que eras bien obediente, cabrón. Tus jefes te estarán eternamente agradecidos —bromea.

—No mames, Fausto. Lo pasé por ti, no por ellos, a quienes llamas *mis jefes* y no son más que la pinche línea de mando que me tocó por ahora.

—¿Y? ¿Qué te dijeron los de tan arriba como pudiste llegar, Tapir?

—Son mudos. Nomás asintieron. Acusaron recibo, pues.

—¿Otra cosa?

—¿Como qué, carnal? No sé nada. Escuché una conversación, te la pasé al costo, cabrón, y luego quieres que esté de correveidile, no soy tu puta. Ni que me estuvieras pagando o taloneando.

—Pregunto si has escuchado algo más.

—Cuando esté tres metros bajo tierra. O ni ahí. No la van a dejar de chingar, lo sabes bien. Cuando te metes con quien no debes y ya te la cantaron, no van a recular. Ni modo que te esté ilustrando en las leyes de la vida, Letona.

—Pues aquí los voy a estar esperando, ¡salud mi Tapir! ¿Qué pasó, por cierto, con el tal Nicolás Sada? ¿Lo encontraron?

—Sigue reportado como desaparecido. ¿Por qué el interés?

—Lo vi con el capitán Zavalgoitia antes de que *desapareciera*. Mucha casualidad, ¿no?

—Para mí como si no lo hubieras visto. No sé nada.

—Tapir. Gracias por tu lealtad —termina por decirle, o casi escupirle.

Luego le vuelve a colgar.

Esa línea de comunicación ya quedó cerrada.

20

7:55 p.m.

Óscar no ha podido convencerla de irse con él, todavía. Necia. Quiere empacar sus cosas. Le ha prometido, eso sí, que en una hora o dos a lo sumo, lo alcanzará en su *loft*, como llama pomposamente a su departamento en la Escandón. Quiere guardar sus cosas más importantes en cajas y que luego él se las recoja y guarde por unos días. Quién sabe si semanas. Necesita comprar ya un boleto para salir de México. El tiempo ya no existe para ella. Es cuestión de sobrevivencia, y lo sabe.

Apenas ha terminado de hablar con el editor de *Animal* y le ha enviado el reportaje con las fotos. Le ha prometido colgarlo en una o dos horas, después de revisarlo. Daniela Real siente que aún le quema las manos. Careaga va a caer, eso que ni qué. Los otros implicados, eso nunca se sabe. Dos subsecretarios, incluso el jefe de Gobierno, están en esas fotos. Esa extraña impresión que solo el verdadero material periodístico deja en quienes viven de reportear. No solo porque haya echado una bomba y las ondas expansivas vayan a tocar a mucha gente. No es eso. Eso es adrenalina pura, y también cuenta para dedicarte a este oficio que se ha vuelto el más peligroso en México.

La sensación es más primitiva. Más elemental. Quizá porque la verdad sabe muy bien, o porque es lo más cercano al orden dentro del caos.

Porque la verdad da sentido a lo que no lo tiene.

—Entonces dejas tu coche aquí, para despistar. Pides un Uber y me marcas cuando estés saliendo —le dijo Óscar antes de irse, lanzándole un beso teatral—. Me mandas tu ubicación para que sepa por dónde andas. Y te fijas que nadie te esté siguiendo, no vaya a ser.

¿A qué se ha quedado?

¿A decir hasta luego? Hubiese sido pendejo, demasiada nostalgia. ¿A tentar a la suerte? Doblemente pendejo, demasiado riesgo.

¿De qué le sirven las cosas? Solo consigue llenar tres cajas con sus papeles esenciales, años de chamba. Es su archivo personal. Bien le hubiera valido digitalizarlo antes. Enciende la computadora y busca vuelos. Hace un año estuvo en Nueva York en un evento del Pen Club dedicado a periodistas perseguidos. Le parece que es el mejor lugar. Ya allá puede pedir ayuda, acercarse a las mismas personas que la invitaron. Con las dos tarjetas de crédito le alcanzará apenas para un mes allá. Listo. Saldrá temprano. Seis cuarenta.

Busca un cuarto en Airbnb. Tampoco tiene tiempo para andar escogiendo. El más barato. Enfrente del zoológico del Bronx, se anuncia. Le valen madre los animales. Pero no lo piensa dos veces. Reserva solo para una semana. Tiene que ver ya estando allá si le alcanza. Fugada y a salvo puede también saber qué es lo que pasará en México con Careaga y su red.

En todos estos años de investigaciones le ha quedado claro que la delincuencia no termina, sino que empieza con la clase política. En los papeles de Rosaura hay un exgobernador también implicado. Ella está segura, aunque no tenga pruebas, que el actual gobernador es mucho peor. Que heredó parte de los modos de operación de su antecesor, pero viene de un grupo político muy complejo, lleno de cuotas que pagar. Asunto de los políticos chapulines que van saltando no solo de puesto en puesto, sino sobre todo de partido en partido para seguir en el poder. En todos esos años el gobernador amasó una fortuna cuantiosa. Pasó por puestos con tanto manejo de efectivo como el IMSS. ¿Desabasto de jeringas? ¿Falta de medicinas? Todo eso aparecía en los periódicos al tiempo que la dependencia gastaba más que nunca en abastecimiento. Cuando alguien lo cuestionó se salió por la tangente, diciendo que el anterior gobierno había construido tantas clínicas y hospitales sin pensar en los gastos de operación que ahora había algunos *contados* lugares a los que aún no les llegaba el correcto suministro. Los políticos hablan con lenguaje de expertos cuando no quieren comprometerse. Cuando no pueden decir nada. El caso es que estuvo metido en esos líos y en otros peores.

Con menores. En yates. No podía decir la fuente, revelar a su informante. Lo mismo ahora. Rosaura quedaba fuera.

No le dijo su nombre al editor de *Animal*, para protegerla.

—Mi informante es de confianza. Mira si no las fotos.

Lo importante no era encontrar a otros en la red, sino empezar a jalar la hebra. Algo le decía, sin embargo, que se trataba del mismo grupo. Y que formaban parte del mismo negocio que los implicados en su reportaje.

No había salido un reportaje muy largo. Era, sin embargo, suficientemente inculpatorio y se preguntaba sobre el paradero de la última muchacha desaparecida, como gancho narrativo.

¿Alguien sabe en dónde está Yvonne Torres? El subprocurador Careaga, en una reciente rueda de prensa, decía que no podía considerársele muerta. Incluso ni siquiera desaparecida ya que aún no habían pasado las cuarenta y ocho horas de ley. ¿Sabrá Careaga el paradero? ¿Yvonne Torres será una de las tantas

jóvenes secuestradas por el grupo de personas, incluido el propio
gobernador, que trata con muchachas y las obliga a prostituirse?

El artículo detallaba las formas de tortura, secuestro y adicción forzosa a narcóticos a las que eran sometidas. También mostraba, con documentos de prueba, cómo eran reclutadas y luego obligadas a seguir trabajando. Informaba de las casas de seguridad que operaban también como pequeños burdeles, los hoteles donde ejercían, obligadas, su oficio. Las cantidades pagadas por cada cliente.

Las *giras* por el país. Las tantas veces en que una de las muchachas era requerida por el jefe de un cártel, por ejemplo, como una de sus novias oficiales y era nuevamente retenida por la fuerza. Esta vez no en la ciudad, sino en Guadalajara, Tampico, Tijuana.

Era breve, pero mencionaba nombres y apellidos.

Describía la verdad.

Y lo hacía de la forma más contundente, a través del detalle fehaciente de los métodos utilizados por el grupo para pasar desapercibidos en medio de otros crímenes más sonoros, la droga, la extorsión, el asesinato.

Las mujeres son sometidas a eso mismo. Pero también son invisibles. Desaparecen en la nada. Y luego caen en el olvido.

Su artículo es otra forma de recordarlas.

Aunque duela.

¿Cuál es su papel en todo esto? ¿Por qué demonios se metió con ellos? Incluso antes de que supiera todo esto, o de que pudiera atar cabos, gracias a Rosaura o Karime o como sea que se llame. ¿Por qué el tamaño del odio? No puede ser solo por el temor de que Daniela sepa demasiado, o crea que sabe más de lo que sabe, de allí la frase repetida para atemorizarla.

Ella, sin embargo, no ha tenido miedo de eso, de creer que sabe algo o de dudar de si realmente lo sabe, que es el verdadero juego de sus perseguidores. Tiene otros miedos. Todos los miedos.

Sabe, por ejemplo, que no le permitirán vivir mucho tiempo.

Sabe, también, que se irá a la tumba con la menor información guardada o secreta, le daría un enorme coraje desperdiciar así esa última bala que es su propia vida. Por eso todo lo dice y todo lo escribe y todo lo publica.

Porque el silencio es lo que esperan y ella tiene un compromiso con las voces de esas mujeres que nadie escucha. Como Claudia, la centroamericana. O Rosaura, con sus miles de violaciones a cuestas, o Yvonne Torres, si aún alguien la encuentra con vida.

¿Y a ella quién la llamó a este entierro? ¿Por qué siente que es su vela?, para seguir el dicho que le perturba. Siempre ha tenido vela en el entierro de las mujeres mutiladas, cercenadas, desaparecidas o simplemente asesinadas. Son también ella.

Empaca con cuidado una bolsa de lona que usa para el gimnasio. Le cabe ropa como para tres días. Pero a ella le queda poca ropa. Tiró casi todo después de encontrar su departamento deshecho. Le da risa estarlo pensando así, pero lo siente. Su uniforme, como siempre igual. Tres mudas. Todo doblado con esmero. Óscar reprochándole:

—Si pusieras el mismo esmero en tus conquistas que en tu ropa ya tendrías un hombre, Dani.

—¿Y si no quiero tener un hombre?

—Bueno, una mujer o un perro.

Siempre ha disfrutado el humor negro de su amigo. Ahora recuerda la conversación y sonríe. Se ha vuelto una *persona non grata*, una indeseable.

Con o sin la obsesión por el orden.

También la backpack con la laptop, un disco duro externo, la memoria portátil de Rosaura, y dos libros inútiles por ahora.

Mientras termina de empacar escucha ruido en el departamento de junto.

Alguien ha entrado a la casa del Buldog. O a la que fue la casa del Buldog. Está segura. Alguien sin temor a ser escuchado, alguien sin escrúpulos.

¿Habrá regresado la policía? ¿Vendrán por ella?

Se le corta la respiración. Ni siquiera puede tomar aire, es como si una mano apretara su cuello.

El miedo, ese escalofrío incontrolable.

Ha venido de nuevo, ojete, implacable, el pánico.

21

8:10 p.m.

Letona sabe qué es lo siguiente que tiene que hacer nada más cuelga con el Tapir. Tiene que entrar al departamento del tal Sada, a quien Daniela llama el Buldog, y revisar hasta el último rincón, a ver si Zavalgoitia y sus agentes no dejaron algo sin tocar. No cree en la pericia policiaca de su antiguo compañero, pero sabe que las órdenes de arriba de *limpiar* pueden haberlos hecho arrasar con cualquier rastro de la presencia del Buldog. ¿Qué habrá pasado para que lo quisieran sacar de la jugada de esa forma? A otro perro con el hueso de que desapareció.

No cree en los ajustes de cuentas. Hace tiempo que duda del término. Siempre aparece como la bronca de dos. El que a él le importa es el tercero. El tercero en discordia. Alguien más arriba que acepta que así se desarrollen las cosas. Alguien que salga beneficiado con que otro ande pasando la aspiradora y limpiando la casa de basura. De mierdas como el Buldog.

Nadie sufre su partida.

Pero lo importante entonces es no dejar cabos sueltos. Terminar la labor de asepsia. Los cuerpos abandonados de lo contrario terminan apestando. Huelen a podrido y el tufo alcanza a todos. Inculpa a todos.

La esperanza de Letona es que en el camino se les haya ido algo. Que no hayan logrado ver un mínimo indicio. Nadie hace mudanza el mero día del deceso. Así que los muebles del difunto deben seguir allí. Y siempre puede haber un cajón que la negligencia o la prisa dejaron sin abrir. O un falso fondo. Un espacio hueco dentro del clóset.

Un resto de la pinche ruina. Un grito desde ultratumba.

Imaginaba, como siempre, dos grupos igual de profesionales. El primero, a cargo del ministerio público, levantando fe de los hechos, recabando pruebas. Huellas dactilares, restos de piel, cabellos, muestras de sangre. El cuerpo se deshace todos los días, está muriendo de a poco, las células son como gajos de naranja, semillitas escupidas al ahí se va que quedan regadas en espera de una mirada inquisitiva, de alguien con la suficiente capacidad para leer entre líneas. Por eso ese equipo es el que sí está compuesto, verdaderamente, de expertos. El forense que incluso no necesita llegar al cuerpo para entender lo ocurrido. Las cosas hablan. Cuentan una historia que viene de lejos y que de no haber sido por la muerte hubiese llegado mucho más allá. Ese equipo se lleva todo lo que puede. Ropa. Armas, si las hay. Todo lo que pueda parecer sospechoso a juicio de quien esté a cargo. No importa incluso que no haya habido occiso. Todo crimen cuenta. Hay que prestar oídos.

Toman fotos. Guardan hasta el más mínimo detalle, como si detuvieran el tiempo, como si su papel fuera continuar contando la historia.

El otro entra justo después, cuando el primero se ha ido a procesar las pruebas. El segundo es siempre quien tiene la verdad última, o como dijo un reciente procurador de infausta memoria, la *verdad histórica*. Ellos también se llevan cosas, pero *siembran* otras, o revuelven todo, o mezclan, superponen, confunden. Es un equipo secreto, que busca generar caos, o versiones alternativas de lo ocurrido.

También toman fotos, pero ligeramente movidas. Como fuera de foco. No les interesa guardar detalles, les preocupa *resaltar* unos en particular en detrimento de otros. Su papel es truncar las historias.

Por eso alguien ha dicho que en México la verdadera novela policiaca no terminaría con el descubrimiento del criminal. No. La novela policiaca auténtica consistiría en revelarle al lector quién fue el que ordenó el encubrimiento de la verdad, o quién fue el que inventó a un culpable inexistente, una *escena del crimen* del todo actuada, inverosímil.

Todo lo que se vio en televisión era falso. Recreado. Un montaje.

Puro teatro.

Con actores *reales*, eso sí. A los que antes se les había pegado lo suficiente, sin que se notase. Una pequeña calentadita. Un poco de tortura sicológica, juego de niños. Siempre el mismo truco:

—Ya tu cómplice cantó, hijo de la chingada. Con lo que sabemos te vas a pudrir en el tambo. A menos que quieras cooperar.

Cooperas o cuello, para recordar otro tristemente célebre caso. Un chino prestanombres. El verdadero delincuente, el capo de capos: un político, mientras más alto en el escalafón, mejor. ¿No siempre es así, en todos los países, no solo en México, aunque aquí la impunidad lo haga más ramplón, más rastacuero?

¿Qué espera encontrar en ese departamento? ¿Qué minúsculo detalle que pueda ser usado en contra no del Buldog, que ya se ha ido a chingar a su madre, sino de sus jefes?

El Tapir fue claro: Nicolás Sada trabajaba para Careaga, por lo menos en la última época. Y el subprocurador había enviado a su perro fiel, Zavalgoitia, a dejar todo tan limpio como un puto hospital a las seis de la mañana.

¿Tenía caso arriesgarse?

Pensaba en ese momento, mientras bajaba la escalera, en que pudiesen haber quedado fotografías, o algún papel, un recado, una hojita escrita, dentro de un cajón, entre las páginas del directorio telefónico, a veces en el lugar más visible donde a todos se les había pasado revisar. Alguna vez dio con la clave de un asalto en un mensaje puesto con un imán sobre la puerta del refrigerador. Es increíble la cantidad de pendejadas que la gente pega en sus refris. Postales del más allá, las llama Letona después de la suerte que tuvo esa ocasión.

Pero la evidencia puede estar escondida a simple vista. Si algo ha aprendido en estos años fuera de la corporación es a parar las orejas, a abrir bien los pinches ojos. Solo sobrevive el menos pendejo. El que se fija en los detalles más idiotas, o en los más recurrentes. El criminal siempre repite.

Ese es su talón de Aquiles.

No es que espere mucho. Quizá lo único que encuentre sea un recuerdo del mierda del Buldog. Solamente. Una foto de su pinche infancia desgraciada. O un boleto del metro. Todo inútil. Pero quizá sí, algo que lo ligue a Daniela. Igual y no era simplemente un vecino. Le sigue extrañando la relación con Zavalgoitia. No puede ser casualidad que a escasas horas de desaparecerlo haya desplegado a su gente para arrasar con el departamento del Buldog. Y hasta con el de Daniela.

Si Careaga también está metido en esto sería como carambola de tres bandas. ¡Lotería!

Si las cosas no se hubieran deteriorado tan rápido, tan a lo pendejo, Letona al menos tendría las camaritas dentro del departamento de la periodista. Imágenes mudas, en blanco y negro, pero suficientes para darse una idea, reconstruir la historia desde dentro, ver las cosas como las ve Daniela. En tiempo real. En vivo. Ser testigo. Un testigo igualmente mudo, pero acompañante. Le han privado de ese par de ojos extras con los que podía conjeturar. Esa ha sido su vida, siempre. La de quien adivina la realidad a través del rompecabezas de pruebas que en ojos menos expertos parecerían inconexas, como pertenecientes a distintas personas.

No en su caso. Fausto Letona sabe dónde colocar las piezas, incluso dar con las faltantes. Solo que le falta una llave. La de la confianza de la periodista. Siente que se le acaba el tiempo y que lo que ocurra con esta nueva pesquisa será decisivo en lo que pase las próximas horas. Quisiera tener el corazón de Daniela en la mano, ser capaz de leer cada uno de sus movimientos. Más aún, quisiera poder decirle que él está allí solo para que no ocurra nada, que puede confiar ciegamente en él, pero que necesita su cooperación para ser efectivo.

¿Y Óscar, el amigo joto? No sabe mucho de él. Lo ha visto actuar, lo ha seguido para entender que está también del lado de ella. O eso cree. Quisiera a veces ser como él, la primera persona a la que ella acude en momentos de duda o de tribulación. Que ella tomara el teléfono sin pensarlo dos veces pidiéndole ayuda. No importa el tipo de socorro o de auxilio, simplemente su presencia. Si tan solo pudiese haberle dicho que la conoce desde niña, desde que perdió a su hermano y él no pudo hacer nada. ¡Carajo!

Fausto Letona sentiría paz si eso ocurriera.

Pero sabe que es imposible, por ahora.

Por eso necesita esa esquinita faltante, la pinche pieza del rompecabezas que el Buldog solo en apariencia se llevó a la tumba. Tiene que hacer hablar al pinche difunto.

Ese es su papel. Donde unos truncan la historia, él la cose con un hilo delgado pero resistente, que le otorga sentido. Una mínima. Una pinche prueba.

Si la hallara esa sería su talismán para entrar en el mundo de Daniela Real. Podría llegar y decirle que le regala esa prueba que implica a Careaga o a quien sea. Los periodistas viven de eso, de encontrar pruebas para chingar a los políticos.

En pocos minutos está dentro, no le cuesta trabajo forzar la única cerradura. En el departamento que fue del Buldog no hay nadie.

Enciende la luz.

22

8:38 p.m.

¿Puede ser cruel el frío?

Curiosa pregunta. Pero es lo que le viene a la mente a Daniela. Es lo que ella siente. Frío. No solo porque haya entrado un huracán a Veracruz y todo el centro del país se haya convertido en una gran tormenta interminable. Al menos la lluvia limpia el ambiente, disipa esa sensación de encierro. Es un frío interno, como si en lugar de venir de fuera, proviniera de la profundidad de la piel, como si naciera de los huesos o de la médula e irrigara cada rincón del cuerpo.

Cuando tomaba clases de defensa personal, que se terminaron convirtiendo en artes marciales en serio, su maestro les decía que en realidad se trataba de un *arte de la paz*, no de la violencia. Tampoco de la *defensa*, porque esta presupone también la agresión.

—Siendo pacíficos no nos pueden dañar —les decía su *sensei*—, los demás entenderán pronto que no tiene sentido meterse con ustedes.

Suena absurdo para ella ahora. Demasiado tiempo no solo pareciendo sino actuando de forma pacífica es lo que la tiene así ahora. Sabe que debe pasar de su actitud defensiva a la franca ofensiva. Atacar antes de ser atacada.

Y sin embargo recuerda, escucha la voz en el *dojo*:

—Herir a un oponente es herirte a ti mismo. De lo que se trata es de controlar la agresión sin producir daños.

No puede. Lo ha intentado, pero no puede.

¿Cómo combatir a quien no tiene miramiento alguno para destruirte?

—A pesar de lo rápido que nos pueda atacar un enemigo, nunca me doy por vencido. Nunca me vence —de nuevo las palabras del maestro a quien de broma llamaba *Yoda*— y no porque mi técnica sea mejor o porque yo sea más rápido. Nunca es cuestión de rapidez. La verdadera razón es que la lucha ha terminado antes de comenzar.

¿Para ella? Casi imposible. O quizá sí, a pesar de las amenazas casi cumplidas, ella ha hecho lo que le correspondía. Incluso si la eliminan. Si la sacan de la jugada. Todo se sabrá. Ella ganó la pelea antes de que comenzara. Antes de que este día de mierda comenzara.

Y comenzó la madrugada, por loca, por inconsciente. *No circulas* parece que le quieren decir.

Daniela Real se muere de frío.

No es el frío del miedo. Ese ha aprendido a identificarlo. Más parecido a un escalofrío que a esta sensación de estarse congelando, literalmente. Se le ocurre la frase, que cualquier editor le hubiera tachado en un artículo: hipotermia metafísica.

Pero eso es lo que siente.

La temperatura no del cuerpo sino del alma ha bajado a grado crítico.

Daniela Real escribe.

Al menos así siente que deja constancia de lo que ha ocurrido en las últimas horas. No es un diario. Tampoco una bitácora. Notas sueltas en el cuaderno, junto con la última entrevista a Rosaura Jiménez. O Karime Lechuga. Más atrás, las dos páginas de su transcripción de la rueda de prensa de Gerardo Careaga apenas esta misma mañana.

No ha terminado el día y se siente como si hubiesen pasado meses desde ese momento en el que, con cinismo, daba carpetazo a las pesquisas sobre la desaparición de Yvonne Torres.

Garabatos muchas de sus letras, que solo ella puede descifrar. Notas tomadas con velocidad, a vuela pluma, mientras sus entrevistados hablan, mientras sus perseguidores peroran idioteces. Hojas y hojas de la libreta llenas de cifras. Su letra menuda, apretada, minúscula. Letra de niña, siempre ha pensado. No la letra de una mujer adulta, sino la de una niña que está aprendiendo caligrafía con dificultad y padece los regaños de la maestra. *Patas de araña*, recuerda que les llamaban a sus letras en la primaria. No importa la estética. Lo importante es que alguien pueda saber qué dicen, todo lo que guardan.

Daniela Real lee.

Ni siquiera podemos considerarla desaparecida. No han pasado las cuarenta y ocho horas de ley. No puede dejar de escuchar, entonces, en la voz de Careaga la frase que le han repetido hasta el cansancio: *Ten miedo de lo que crees que sabes.*

Son sus palabras. Es su timbre gangoso. Está él detrás de todo.

No se necesita ser detective para saberlo. Las pruebas de Rosaura. Las viejas intuiciones de Daniela de que el subprocurador siempre ocultaba algo. El *hackeo* de su computadora, el espionaje a su teléfono, las amenazas del vecino, la violación de su espacio íntimo. ¿Desde cuándo?

Daniela Real cierra los ojos.

Escucha ruidos en el departamento de al lado. Como si algo se cayera, o si hubiese golpes. Intenta guardar silencio absoluto para interpretar lo que pasa en las cuatro paredes que solo ayer, incluso hoy por la mañana, eran del Buldog. No puede. De no haber sido por el escándalo fiestero del vecino a ella no le habría preocupado nunca su presencia.

Daniela Real recuerda.

Como si la imagen viniera de muy lejos. O de muy antes. El ave desplumada afuera de la puerta de su casa, la sangre embarrada. Fue para ella, contra ella, y sin embargo es como si le hubiese sucedido a otra.

Deja de tener importancia una amenaza cuando sientes la muerte verdaderamente cerca.

Ten miedo de lo que crees que sabes.

Presta atención. Los ruidos se han detenido. ¿Los habrá escuchado en realidad o ya alucina? Si el silencio continúa puede irse largando a casa de Óscar. Correr de allí.

Daniela abre su computadora. Espera a que el sistema operativo arranque. Necesita checar, de nuevo, si ya colgaron su reportaje en *Animal Político*. Es lo único que le importa ahora. Lo único que tiene sentido.

La computadora tarda años. Un siglo, se dice ella, encabronada con el lugar común, pero por fin puede abrir el navegador y buscar la página. Nada. El hijo de un narcotraficante que solicita amparo. El Instituto de Salud alerta sobre el nivel de plomo en los dulces, la paleta Tutsi-Pop en particular. La Policía Judicial de Tamaulipas confirma la muerte de una mujer española. Su familia solicita una prueba de ADN. Como todas las familias de desaparecidas: primero negarlo. Incluso con pruebas, de ADN o de lo que sea, la mayoría difícilmente acepta que es a ellos a quienes les tocó esta vez la mala suerte. Va a aparecer, se dicen. Como no encuentra aún su propio reportaje, Daniela le da clic a esa noticia.

La mujer fue secuestrada el 2 de julio en la carretera de Soto la Marina. Dos tipos les cerraron el paso con una camioneta y la bajaron del auto, jalándola del cabello. En el auto iban también el esposo y la hija.

¿Cómo se queda quieto un hombre mientras secuestran a su mujer? ¿Para proteger a la hija, menor, que lleva detrás?

El hombre dio parte de inmediato a la policía. Dos meses después la policía encuentra un cuerpo. Lo identifica. Habla a la familia —la de México, la del esposo y la hija ahora huérfana, y la de España, que no acepta que se trate de la misma persona, que solicita pruebas a como dé lugar. ¿Cómo encontraron su cuerpo? ¿En qué estado? La nota, no tiene idea por qué, no lo describe. Prefiere usar las palabras de la propia policía: *hallaron su osamenta*. Como si el vocablo rimbombante pudiera aminorar la crueldad. El dolor.

La hermana de la mujer desaparecida vino de España e inició una campaña en redes para buscarla. Desató ya no la ira —nadie parece encabronarse suficiente con lo que ocurre a diario, piensa Daniela— ni siquiera la indignación, pero sí algo parecido a la *conciencia*. Cientos de personas en Facebook, en Twitter, en Instagram, pegando y posteando cuántos días van desde su desaparición. Una alerta multiplicada hasta la saciedad, cientos de miles de ojos contemplando la fotografía de la mujer secuestrada. Nunca ha entendido por qué los familiares encuentran siempre una foto de las mujeres sonrientes. Un contrasentido intentar la búsqueda, el imposible hallazgo de alguien que está sufriendo cuando lo único que se tiene es una fotografía que muestra la imposible felicidad, lo que nunca regresará.

No está su artículo. Piensa marcarle al editor. Busca en su teléfono, en los números recientes.

La interrumpe el ruido, de nuevo.

En el departamento de junto. En el lugar que fue del Buldog. ¿Será una de sus mujeres que ha regresado por sus cosas y no las encuentra en medio del caos dejado por la policía? ¿O un antiguo compinche que busca algo que se le perdió y que seguro se llevaron? Un paquete de droga; parte de su arsenal de armas.

Daniela Real se levanta, pega la oreja a la pared, como si su superficie fuera porosa. Intenta contener la respiración para que no haya otro sonido que los que provienen del otro lado.

Hay voces, pero no puede distinguir lo que dicen. ¿O es una sola voz que habla? Alguien grita. Seguramente no en la sala contigua, sino más lejos, quizás en una de las dos habitaciones. Por eso no puede alcanzar a escuchar las palabras.

Alguien grita.

Intenta no escuchar. No va a salir a ver qué es lo que pasa del otro lado. Cierra la computadora, que se duerme en el acto. No tiene ganas aún de abandonar el departamento, pedir el Uber, irse a casa de Óscar.

No son solo ganas. Es el miedo que la paraliza.

Sabe que tiene que salir de allí, pero encuentra una extraña serenidad en su propia respiración. Se sienta en el sillón maltrecho, cubierto con la sábana para ocultar su destrucción. Lo cubre apenas, pero no puede silenciar los gritos que el mueble también profiere. El sillón le grita también, le suplica que se vaya.

Es un grito de auxilio, una llamada desesperada de un pasado que es demasiado presente, de cómo el tiempo se ha detenido del todo en un día que parece no querer terminar nunca.

Daniela Real siente frío. Un frío cruel que le viene de muy dentro.

Cierra los ojos. Por un instante el mundo se detiene.

23

9:03 p.m.

—Ya ves por meterte donde no te llaman, pinche Fausto —le grita Zavalgoitia después de darle un cachazo leve en la nuca, que Letona por poco esquiva.

Un golpe no bien dado. No lo noquea, pero sí lo deja destanteado por unos segundos. El policía estaba ya dentro del departamento del Buldog, esperándolo.

—¡Qué pinche previsible eres, cabrón! Sabía que ibas a venir a husmear. Genio y figura hasta la sepultura. Pinche sospechosista de mierda.

Le da una patada en los huevos, aprovechando que está mareado a causa del golpe con la pistola. Letona grita de dolor y se dobla aún más, incapaz de reaccionar. Zavalgoitia le pega con el codo en la espalda y lo tira al suelo. Aturdido por unos segundos recibe el segundo cachazo, más certero. Siente cómo el policía lo arrastra de las botas y lo mete en la que debió haber sido la habitación del Buldog. Pero tiene la vista nublada y está semiinconsciente. No siente sus extremidades, solo el tórax, ni siquiera siente la cabeza. Le parece extraño, pero es lo que le viene a la mente, que por unos instantes su cuerpo está incompleto, le faltan partes. Se metió en la boca del lobo, cayó en la trampa.

Zavalgoitia lo amarra a una silla. Como de película. ¿Dónde tiene un policía medio pendejo la soga lista? ¿De dónde sacan gente como él las ideas? ¿De las malas series de televisión? Recibe otro golpe, esta vez directo del puño del policía. Los nudillos de Zavalgoitia se estrellan sobre la cara de Letona y alcanzan el párpado, encima del pómulo que suena como vidrio rompiéndose con un solo *crac*, le sale sangre. No un chorro. Nada espectacular. Un hilillo de mierda que termina por cegarle la vista. No piensa. Casi no siente. Ni siquiera escucha.

O sí, a Zavalgoitia hablando por celular.

No puede entender la conversación, tiene enfrente solo la imagen distorsionada del policía conversando. Puede apreciar apenas algunos de sus gestos, sin lograr interpretarlos del todo. Lo imagina diciendo que lo tiene maniatado, esperando instrucciones del otro lado de la línea.

—¡Qué pinche dolor de huevos eres, Letona! —escucha que le dicen. Ha acercado su cara hasta casi tocarle la suya. Los labios del policía prácticamente sobre su oreja. Lo escucha, pero también lo siente. El vaho de la respiración de Zavalgoitia al mismo tiempo que sus palabras.

—¿Querías hacerte el héroe para cogerte a tu amiguita? No te preocupes, ya se la está cogiendo otro más chingón que tú. Y a ti ahora sí se te acabó la suerte.

No sabe de dónde, a pesar del dolor, pero le salen las palabras:

—Se me acabó la suerte hace mucho, pero aquí sigo.

—No por mucho tiempo —le dice mientras le descarga otro puñetazo, esta vez directo al abdomen. A Letona se le va la respiración. Le cuesta trabajo agarrar aire. La sangre sigue saliendo del ojo y no tiene libres las manos para limpiársela.

Tampoco le quedan fuerzas para seguir hablando. Apenas para checar el nudo con el que lo han maniatado. Apretado, pero no lo suficiente. Podría, en otras circunstancias, con más conciencia y fuerza, intentar desamarrarlo con los pulgares y moviendo las muñecas.

Hasta ese momento se percata de que Zavalgoitia no ha encendido la luz del cuarto. Toda la iluminación de la recámara viene de afuera, del pasillo. Quizá de la sala. El policía, a dos pasos, comienza a interrogarlo. No para descubrir nada nuevo, solo para conocer qué tanto realmente sabe Fausto Letona. *Ten miedo de lo que crees que sabes*, recuerda la frase pintada en el espejo de Daniela.

—Tu amiguita se metió con quien no debía. No había nunca recibido órdenes así sobre una periodista. Los de arriba prefieren que sean los criminales, los narcos, quienes se terminen escabechando a un periodista. Demasiado lío explicando las cosas. ¿Te acuerdas de Manuel Buendía? Quizás es el último importante al que mandaron directamente a eliminar. Y mira cómo quedó el presidente por eso.

—Tú y tus jefes saben perfectamente en qué está metida. Los espían a todos. Graban sus conversaciones, hasta en los restaurantes. Tienen meseros comprados en los típicos lugares que frecuentan. ¿Cuántos en El Cardenal, por ejemplo, en realidad trabajan para la Procuraduría? O al menos reciben más lana de allí que de propina.

—No te hagas pendejo, Letona. Tienes dos formas de morir, porque de cualquier manera ya te cargó el pintor. Suavecito, de un pinche tiro o a lo pendejo, con un chingo de dolor y luego con un pinche tiro. Escoge bien.

Otro madrazo, esta vez al maxilar. Lo tira con todo y silla.

El cuerpo de Letona rebota contra el piso. Zavalgoitia lo levanta en vilo, como si nada, y vuelve a estar frente a él. Amarrado a la puta silla, pero ahora con la soga más suelta. Los pendejos no se hacen, nacen. Se dice. La frase que su padre repetía siempre al llegar a casa cuando contaba lo que le había pasado. O lo único que quería que ellos supieran de lo que le había pasado.

—A ver, pendejito. Te la pongo fácil. Boleto directo al infierno si me dices qué tanto sabe Daniela Real.

—No sabe que existes, por ejemplo. Los pinches achichincles como tú nomás no cuentan.

La voz le sale apenas. Articula las palabras, está volviendo en sí. No lúcido, pero sí con el suficiente coraje como para insultar a su verdugo.

—No mames, Letona. Sabemos a lo que se dedica Daniela Real. Sabemos con quién se ve, qué come, cómo caga, con quién se acuesta. Te estoy haciendo una pregunta simple, que hasta alguien analfabeto como tú puede contestar: ¿sabes tú lo que ella se trae entre manos?

Fausto necesita ganar tiempo. Sigue provocándolo:

—Yo qué sé.

—No te hagas pendejo.

—Daniela investiga a los que se dedican a traer y llevar putas. ¿No lees sus reportajes? Mercancía única. Hasta que se estropea. Luego no se deshacen de ellas. Las mandan a otro lado, con clientes que pueden pagar menos. Mercancía usada que de todas maneras deja un chingo de lana.

Se escucha, siente que su voz, que ahora sale más clara, es un síntoma de su recuperación. La cabeza, sin embargo, sigue sin *estar* del todo en él. Le estalla, claro, pero como si fuese el cráneo de otra persona. Como si estuviera dividido. Se da cuenta: ese es el verdadero pedo ahora, que la madriza lo ha dividido en dos. Una parte es su cuerpo, puteado y dolido. Y otra, la cabeza, también hecha mierda, pero aún pensante. Son dos personas distintas luchando por integrarse. Zavalgoitia no lo va a dejar irse al otro lado así nomás, de un tiro. Si esas fueran las órdenes ya se lo habría despachado y seguiría haciendo sus otras cosas, como si nada.

—A ver, cabroncito —le dice ahora, nuevamente la cara casi pegada a la suya—, quién cree tu amiga Daniela que se lleva la lana. ¿Quién es el jefe?

Lo tiene mero enfrente, pero las piernas amarradas a la silla no le permiten darle una patada en los huevos y acabar de una buena vez. El pendejo de Zavalgoitia se le ha puesto de pechito, aunque crea que solo lo amenaza.

No sabe de dónde, pero obtiene la fuerza suficiente para, con un solo movimiento, levantarse con todo y la silla a la que está amarrado y con el mismo impulso decide tirarse contra su captor que está fuera de guardia. Todo el peso de Letona y de la silla caen sobre el cuerpo de Zavalgoitia, que alcanza a gritar de dolor.

En el movimiento se dispara un tiro y la pistola de Zavalgoitia va a dar contra la pared. El policía intenta moverse debajo de Letona, sin lograrlo.

A Fausto le quedan pocas opciones antes de que Zavalgoitia se recupere. Alcanza a liberarse las manos y decide, aunque sabe que corre un gran riesgo, rodar hacia la pistola mientras busca también liberar sus piernas de la silla. Una escena de película cómica, piensa. Pero no tiene tiempo para la risa.

Alcanza el arma. Zavalgoitia no está del todo fuera de combate. Se levanta también y sin otra opción corre hacia él, lo abraza, lo aplasta contra la pared. La silla cuelga de una de las piernas de Letona. La otra está ya libre. Con la pierna desamarrada da una patada al aire, a la parte del cuerpo del policía que puede alcanzar. A donde sea. Tiene suerte y Zavalgoitia da un paso hacia atrás.

Suficiente.

Letona aprieta el gatillo. La bala va a dar al cuerpo de Zavalgoitia. Las vísceras. El policía se dobla, sangra.

Ninguno habla.

No se oye nada. Solo se respira el olor de la sangre, el pinche culero olor de la muerte.

—Lo siento por ti, pero un ojete menos es un ojete menos.

Dispara un segundo tiro, sobre la cabeza.

Logra desamarrar la otra pierna. Se toca la cara. La sangre sigue saliendo de su párpado izquierdo.

No tiene tiempo.

Sale de ahí, aún empuñando el arma de Zavalgoitia, y de una patada intenta abrir la puerta de Daniela, gritando su nombre. Ya le vale madre. Uno, dos, tres tiros en las cerraduras.

Una cuarta descarga y otra patada.

Entra en el departamento.

No hay nadie. Se la han llevado. O se ha ido. Ojalá sea eso, que ella se haya ido.

Letona alcanza a pensar a dónde, a casa del amigo. A casa de Óscar. Agarra un trapo para secar trastes y se aprieta el ojo.

Cojeando un poco, medio mareado, baja al estacionamiento. Arranca el coche, sale del edificio.

La ciudad tampoco le es benévola. Llueve. Hay un tráfico del carajo.

24

9:26 p.m.

¿A qué sabe la derrota?

No es exactamente amarga, sino acre. Sabe a óxido, como si chuparas una moneda de cobre. Es raro estar pensando en eso, la mente aún sin poder estarse quieta mientras, maniatada a la silla con el par de esposas que le lastiman las muñecas, mira a un hombre golpear a Óscar en la cara pidiéndole que le proporcione las contraseñas para entrar en su computadora.

Todo está perdido.

Apenas entró al loft cuando la atraparon. No tuvo tiempo siquiera de dejar la maleta deportiva con su ropa para varios días. Un brazo le rodeó el cuello, apretándoselo horriblemente fuerte, casi ahogándola, y otro brazo le doblaba el suyo atrás, esposándola con furia. La penumbra hacía difícil distinguir las cosas, o si había alguien más allí.

No le salía la voz, aunque quería gritar.

Le esposaron la otra mano.

Quienquiera que estuviese haciéndole eso sentía rabia. Rabia es lo que transpiraba mientras la jalaba del pelo, haciéndole daño y así, con las manos esposadas y a patadas, la lleva hacia dentro, hasta depositarla en una silla, y la golpea dos veces en la cara. Los labios de Daniela Real sangran, puede saborear su propia sangre.

Alguien le pone un pañuelo con algo en la nariz.

Se desvanece.

Cuando vuelve en sí está esposada al respaldo de una silla, se acostumbra con dificultad a la falta de luz. Junto está Óscar Lujambio, su amigo, igualmente esposado a otra silla, pero mucho más golpeado que ella.

Ni siquiera está segura de dónde se encuentra. Se le ha olvidado lo más reciente. Se da cuenta pronto que está en el departamento de su amigo en la Escandón.

Su amigo maltrecho. Los ojos morados, el cabello sudado, revuelto con sangre.

Se han ensañado con él.

—Así los quería tener, juntitos, par de hijos de la chingada —por fin habló el matón.

Vuelve a golpearla en la cara.

Óscar intenta protestar, pero ni siquiera se le entiende lo que dice. Está muy cerca de Daniela, mira cómo su amigo abre la boca. Ha perdido varios dientes en la madriza. La cara es un amasijo de sangre y moretones.

—Déjala —apenas se escucha su voz frente a su verdugo—, ¡déjala en paz!

—¡Cállate, hijo de la chingada! Demasiado tarde para arrepentirte. ¿Sabías, Daniela, que tu amigo el putito de Óscar trabaja también para quien me encargó este trabajito?

—No digas mentiras. Acaba mejor de una vez —se escucha contestarle.

—Todo este tiempo, mientras tu amigo fingía ayudarte, nos permitía saber de ti, nos metíamos como topos en tu computadora, en tu vida, hasta lo más profundo de tus pinches sueños de mierda.

—No es verdad —le responde a ese desconocido al que ya odia—. Si así fuera, para qué golpearlo sin misericordia. Eres patético.

—¡Cuida tu boquita! Te recuerdo que no estás del lado de los vencedores esta noche. Como sigas diciendo pendejadas te pongo una madriza que no la cuentas. Mira cómo quedó tu amigo. Todo por negarse a compartir con su dueño, con su jefe, con quien paga su papel de baño, una puta contraseña.

Daniela cree recordarlo vagamente. Mira al matón. ¿No es quien intentó levantarla frente a la vinatería? Sí. Es el mismo hombre. Tiene heridas mal parchadas en la cabeza por el botellazo. Los ojos aún inyectados de sangre por el gas pimienta. Claro que es él, carajo.

Óscar intenta hablar:

—No le creas. Luego te explico —le suplica más bien a Daniela.

—¡No vas a tener tiempo de explicar una chingada, pendejo! Cállate la boca y dime cómo carajo entro en tu computadora o empiezo a dispararle a tu amiga. A ver si la quieres tanto. Ya la traicionaste una vez. Perfectamente puedes volver a hacerlo. Le voy a disparar primero en una pierna, para que le duela y se vaya desangrando, luego lo haré con el pie contrario, para que se equilibre el dolor. Izquierdo, derecho. Ustedes no tienen tiempo, pero yo tengo todo el tiempo del mundo para aplicar todo el dolor posible. Se lo merecen por quererse pasar de roscas. Por hijos de la chingada.

—No te vas a salir con la tuya —prueba ahora Daniela, que suaviza la voz—, sé quiénes te contrataron. Y los tengo agarrados. Se van a hundir. Pruebas, fotos, un video que involucra a tus jefes en fiestas con menores. Lo van a publicar esta misma noche. Igual y ya colgaron mi reportaje y ya tu jefe y el presidente saben que no podrán defenderse más, aunque estén implicados.

—Ay, ¡qué ingenua eres! —el matón ríe, se pasea frente a ambos, la mira con odio. Le escupe a Óscar, le da una patada en la espinilla, él se retuerce de dolor.

No hay nada que no sea dolor para él.

La humillación de los golpes, saber que el matón ha contado la mitad de la verdad, la que lo incrimina frente a Daniela, pero no ha dicho todo. No le conviene. Siempre se callan lo que más importa los hijos de puta. Y normalmente se salen con la suya. Solo en las películas los malos pierden.

Desde la pequeña rendija que le queda en el ojo izquierdo, Óscar mira al hombre rondando enfrente de Daniela, siente el miedo del mal. Del mal puro, sin ton ni son, del mal que se encarna en una persona y se va haciendo más y más grande, más y más involuntario, más y más puro. El mal que se alimenta de sí mismo como un monstruo. No puede creer en qué se ha metido, en qué ha metido también sin querer a Daniela. Todo está perdido, pero al menos puede impedir que sea más doloroso.

Sobre todo para ella.

Quisiera poder levantarse, quitarse las esposas y dispararle un tiro al hijo de la chingada. Pero como bien dijo, no están esta vez del lado de los ganadores. Una vez que tenga acceso a la computadora va a ver los correos electrónicos y va a poder descargar el programa que le ha pedido y que borra toda la información de los dispositivos de Daniela. Incluso del teléfono, como pasó con el primer programa que le instalaron a su amiga.

Es demasiado tarde para que tenga sentido borrar todo lo que está en la computadora de Daniela. Pero al menos así no podrán alegar que sus fuentes eran fidedignas, o que ciertas pruebas con las que cuenta sustentan el reportaje de *Animal Político*.

¿Y si además, por algo, el editor no lo ha subido?

¿Si ya también lo *hackearon* o lo ablandaron o incluso hasta lo eliminaron?

Él es el único culpable de que Careaga sepa adónde mandó Daniela el artículo.

El matón toma la pistola, quita el seguro, corta cartucho.

—¡Que empiece la fiesta de las balas!

Óscar Lujambio grita con todas sus fuerzas, aunque le salga apenas la voz:

—¡Real7323! Ya déjala en paz. ¡Real7323, la erre en mayúscula!

El hombre deja la pistola sobre la cama, donde está la computadora portátil de Óscar y teclea la contraseña.

—¡Ábrete, sésamo! —exclama ufano. Corre el programa que diseñó Óscar. El programa se llama *Ríorrevuelto*.

Pinches hackers, hoy podrían ser los dueños del mundo. Destruirlo todo con un pedazo de código.

Los gusanos cibernéticos del programa que Óscar Lujambio, su propio amigo, se encargó de escribir.

—¡Bingo para el gringo! —grita ahora el verdugo, complaciente.

No hay sonido, pero los miles de *bytes* parecen estar bailando en la mente del desgraciado.

—¡Ahora sí se los llevó la chingada, muchachos! El mundo se va a quedar sin la valiente periodista y el traidor. ¿Quieren que los enterremos juntos, de la manita? ¿Cuál es su última voluntad? Hablen rápido, porque tengo mucho trabajo todavía por hacer mientras la noche es joven.

Daniela sonríe. No entiende por qué, pero es lo que ocurre. Sonríe con toda la boca, con toda la cara.

—¿De qué te ríes? —le sorraja mientras la vuelve a cachetear—. No te repitieron, hasta el cansancio, que tuvieras miedo de lo que crees que sabes.

—Toda la información que estás borrando está respaldada. Si me pasa algo van a publicarlo todo.

El matón se acerca a ella. La toma del cabello y la jala. La lastima.

—¡Hija de la chingada! Te crees muy inteligente —ahora le pega en la mandíbula. Una. Dos veces.

A Daniela se le salen las lágrimas, grita de dolor.

Igual ni la muerte logra callarla.

25

10:08 p.m.

Llegar al departamento del amigo de Daniela le llevará a esta hora menos de veinte minutos. Quince o dieciséis si tiene suerte. No tiene tiempo que perder. Vuelve a sentir lo que significa que el tiempo se te esté terminando. Como cuando supo del cáncer. Todo giró en torno a la puta noticia durante muchos días. No podía hacer nada más que pensar en la mierda que significa estarse muriendo. De noche también. Se despertaba sudando, angustiado, sin aceptar lo inevitable.

Ahora no tiene tiempo que perder, se lo repite.

Porque de nada sirve que esté tan cerca.

Es una conjetura, pero algo le dice que es la única posibilidad.

El pendejo de Zavalgoitia no pudo con él. No sabe si Daniela correrá igual suerte.

Como si la muerte hubiese decidido atrasarse con él, pero no por mucho más tiempo.

Quizá se trata de sus últimas horas. ¡Quién sabe!

Ha estado de todas maneras viviendo de prestado. El doctor le había dado menos tiempo de vida cuando empezaron las quimioterapias. El cuerpo es medio sabio, o medio culero y quizá solo porque él todavía tiene algo que hacer en esta tierra sigue vivito y coleando. O vivito y

cojeando, después de cómo lo dejó el muy pendejo de Zavalgoitia. Nunca hizo nada bien.

No tiene sentido, tampoco, recriminarse ahora. Eso sería simplemente gastar demasiada energía mental en pendejadas. Y necesita toda la reserva que le queda después de
la madriza de Zavalgoitia, ese imbécil.

Cuando ejecutas a alguien haciendo justicia por tu propia mano, piensa Fausto Letona mientras toma por San
Borja, más temprano que tarde empiezas a sentir un gran
placer. Algo que empieza, es cierto, por una sensación física. Una descarga de adrenalina, como con cualquier plomazo bien dado que te evita ser tú la víctima. En eso se
parece a cualquier ejecución. No. Esto es distinto. De la
parte física se olvida pronto, el cuerpo va a hacer otra cosa.
Necesita comer, cagar, dormir. De la misma manera en que
necesitó liberarse del depredador que lo acechaba. Simple,
primitivo, casi hormonal.

En su lugar tiene el consuelo de esa especie de ley del
talión, ese ojo por ojo, diente por diente va más allá de
la sensación física. Nace de la misma fuente, pero es otro
pedo totalmente. Nunca, ni cuando ha estado más pasado,
ha experimentado esa euforia, ese detenerse del tiempo.

Esa calma que no lo abandona.

Incluso ahora, con la prisa por llegar a donde, supone, tienen a Daniela, no lo abandona el éxtasis de haberse deshecho
del pendejo de Zavalgoitia. Uno menos, se dice. *Uno menos*.

Pero falta el más importante, por ahora.

Solo entonces siente el peso del dolor. Ha estado aplican-
do presión en el párpado y así logró detener la hemorra-
gia. No tiene nublada la vista. Al contrario, los sentidos
se le han aguzado, como si le hubieran echado una nueva
capa de pintura a todas las cosas. Pero también como si el

tiempo se hubiese transformado, todo le ocurre en cámara lenta. Esa calma le permite ver las cosas, apreciar los contornos, las dimensiones. El volumen. Sería capaz de decir cuánto pesan las cosas.

O al menos esa es su ilusión.

Da la vuelta en Anaxágoras. El tráfico por fin es ligero. Un consuelo.

Unos metros para agarrar Patriotismo y poder meter el fierro. Acelerar es lo único en lo que piensa. En que cada minuto que pase pueda ser fatal.

Por momentos, se dice, aún peor, que ya valió. Que lo de fatal es un pinche piropo. Imagina a Daniela y a su amigo desparramados por el piso, desangrándose, pero más muertos que la puta Constitución.

Espanta la imagen, con una chingada.

Luego la imagina en peores condiciones, secuestrada, conducida a quién sabe dónde, a cualquier lugar manejado por los cómplices de Careaga. Cualquier grupo. El subprocurador controla el crimen del país. Es la encarnación del puto crimen.

Le da rabia. Le provoca tristeza.

Se apendeja cuando se pone sentimental.

Y hay que cuidarse de las dos cosas, con una chingada. De las putas lágrimas y de la idiotez. Por las dos cosas pierdes. Y no se puede dar el lujo de perder.

No ahora.

Aunque todo esté perdido.

Suena el celular. Es el pinche Tapir, como si supiera. Duda solo un momento en contestar o no.

Es mejor saber qué trama su jefe, qué tanto sabe su pinche *carnal*, si es que a ese traidor de mierda lo puede seguir llamando así:

—Pinche Tapir culero, ¿para qué soy bueno? —se sorprende preguntándole como si el día fuera normal y su conversación la de dos viejos amigos. No entiende de dónde han salido las palabras. No entiende de dónde proviene ese tono amable, casi condescendiente, que usó. ¿Por qué, si lo que le hubiese gustado en realidad era ponerle una madriza también o mandarlo muy lejos, como a Zavalgoitia, como a todos los pendejos que se le han cruzado en los últimos días?

Algo del pasado de ambos. Puta madre, quién carajo va a saber. Pero el Tapir le contesta:

—Nomás checando tu estado de salud, compadre.

—Bien sabe que para este momento debería estar muerto.

—Malas noticias, cabrón. El difunto se apellida Zavalgoitia. Manda a tus amigos a levantar el cuerpo. Van a necesitar varias bolsas.

—De nuevo no sé por quién me tomas, Fausto. No tengo idea de qué hablas. Ni dónde carajo te chingaste a Zavalgoitia.

—Pinche Tapir, te quiero por ojete, por mierda. Pero tengo mucho trabajo y me falta tiempo para ti. Tal vez cuando esto termine te invito unas vacaciones a la playa y te pongo una rica cogidita.

—¡Estarás tan bueno, pinche Letona!

—Cambio y fuera, comandante. Ahí ve a buscar los restos de tu amigo, pendejo. No sabía con quién se estaba metiendo.

Le cuelga.

Ahora le queda menos tiempo. Con toda seguridad el Tapir le va a hablar a Careaga, sin dilación, para contarle lo que ha pasado. O quizá ya sabía, estaba en el departamento de Petén, contemplando los restos de su compañero.

De cualquier manera, si eso ocurre, le queda un último acto antes de que él mismo se quite de en medio: Gerardo Careaga.

No es que necesite a estas alturas un propósito.

Lo ha tenido durante un tiempo, unos meses al menos.

Pero si algo le queda es ganas de que el subprocurador coma polvo, que se revuelque pidiéndole perdón antes de mandarlo directo y sin escalas al mismo infierno.

La noche es fría. La ciudad está limpia. Ha llovido del carajo por el huracán en Veracruz. No se pueden ver las estrellas. Hay muchas nubes.

Le queda poco para llegar. Menos de un kilómetro. Una ambulancia pasa a su lado, hecha la madre, con la sirena encendida. Se orilla. La deja pasar. Por puro instinto. Pero pierde más tiempo. Minutos preciosos por el gesto extemporáneo de urbanidad. Se detiene. O lo detiene la luz roja.

Un puto semáforo.

No va a saltarse la luz, jugarle al loco. Ahora que está tan cerca. Para qué carajo correr riesgos. O de que lo siga un pinche tránsito pensando en que le den una mordida o de que un pendejo vaya cruzando con su auto del otro lado y ahí sí valga madre. Pero cada segundo de espera le quema las manos.

No importa que el tiempo se haya hecho lento. Está cerca. Huele la muerte. Apesta. Los sentidos alerta.

Cada pedazo de su cuerpo en tensión, con ganas de atacar. Cobrar venganza. Terminar de una buena vez con este infierno.

En cualquier momento se suelta un aguacero de la chingada.

Da vuelta a la izquierda en 13 de Septiembre.

Le vale madres que no haya lugar para estacionarse. Le vale madres tapar la entrada de ese taller automotor a unos pasos del edificio del amigo de Daniela.

Apaga el coche, se echa las llaves al bolsillo de la chamarra, agarra la pistola y, todavía rengueando, le da un balazo a la puerta de cristal que se estrella y se hace mierda.

Le vale madres alertar a quien sea, volver locos a los putos vecinos.

Le vale madres todo, menos encontrar sin vida a Daniela Real.

26

10:26 p.m.

Mientras corre *Ríorrevuelto* y espera a que termine su labor destructiva, el matón sigue con su perorata. Daniela Real lo escucha gritarle a Óscar:

—Voy a empezar contigo. Me cagan los traidores. Detesto a la calaña como tú. ¿Cómo quieres morir, Oscarito? Tienes tiempo para pensarlo, tengo que asegurarme que tu programa sirva y que cumpliste el trato. ¿Cuánto tardará?

Óscar no le responde.

—¿Cuánto, pendejo? —le vuelve a patear la espinilla. Esta vez tan fuerte que la silla se tambalea, casi cayéndose hacia atrás.

—No más de diez minutos —escucha Daniela responder apenas a su amigo.

¿Podrá seguir usando esa palabra, aunque sea en los minutos que les quedan? Leyó alguna vez en un libro sobre biología evolutiva, igual y fue en la prepa, que tenemos un billón de años sintiendo hambre. El primero, el más primitivo de los impulsos. Un millón de años para no haber realmente evolucionado nada. Reptiles o primates, da lo mismo. Elementales. Piensa en lo que le habrán ofrecido a Óscar. No solo en términos económicos —y ha de haber sido bastante bueno el trato—, sino en términos de poder.

Allí pierden todos los hombres. Control. Poder. Saberlo todo. Por eso nunca preguntan, porque temen mostrarse débiles, enseñar que necesitan algo. El placer de sentir que sus programas alteraban las vidas de las personas, que las destruía a su arbitrio. Eso ha de haber sido lo que movió a Óscar.

Esa su hambre.

¿Y la de ella?

Igual de elemental. Es fácil disfrazarla de sed de justicia. O de verdad. Pero es igualmente ganas de mantener el control. De la información. De la idea misma de bondad, o de rectitud. Ella misma ha tenido que ceder a lo largo de su carrera para dejarse escuchar. Ha pasado por los caprichos de jefes de sección, de editores, de directores. Un mundo de hombres, el periodismo, donde las mujeres normalmente solo tienen una grabadora y una libretita y muchos ovarios. Pero nada más.

Son ellos los que ejercen el poder.

Como ahora el verdugo, quien viene hacia ella:

—¿Entonces, Daniela? ¿Prefieres que empiece contigo? ¿Eres tan bondadosa que te sacrificas por el hijo de la chingada de Óscar?

Daniela intenta escupirle, sin éxito.

—Igual y te violo antes. Y tu amiguito joto lo va a ver todo y ni siquiera se le va a parar.

—¡Eres una mierda!

—¡Ya cállate!

Un gesto teatral, los ojos hacia el cielo.

Óscar alcanza a balbucear:

—No le creas todo, Daniela. No dice la verdad. Solo busca enredarnos. Miente.

El hombre ha puesto música a todo volumen en la bocina de Óscar. Le abre la boca a la fuerza y le saca la lengua. Un solo tajo.

La carne se abre como una flor siniestra, corre la sangre que salpica todo.

Óscar se retuerce de dolor.

Daniela quiere gritar, pero no puede.

No es miedo. Ni falta de coraje. Ni de fuerza. No tiene idea qué es lo que maniata su voz. Solo sabe que su fuerza es enorme, que la ata peor que las esposas en las manos que le han cortado ya las muñecas. No comprende la saña. Si lo que quieren es deshacerse de ellos, si el programa ese de Óscar, *Ríorrevuelto* ya está haciendo su labor qué más da dos pelagatos. Dos pendejos, como los ha llamado. Se lo dice.

Su verdugo no le responde.

Le toma el rostro con una mano mientras con la otra le aprieta el cuello. La besa. Ella mantiene cerrados los labios, pero aprovecha el momento y cuando él está restregándose contra ella abre la boca y lo muerde. Lo muerde con fuerza suficiente para arrancarle un pedazo de labio. Ella también puede hacerle daño.

No por mucho tiempo. Él tiene todo para ganar. Le da una patada y la obliga a dejarlo ir. Abre las mandíbulas. La sangre de su captor le da asco.

—¡Pinche puta! —le grita y le pega.

Tres madrazos directos a la cara, la mano abierta, extendida, para cubrir el mayor territorio del rostro lacerado de Daniela.

No solo grita. Llora. No puede contener las lágrimas, que se le escurren.

Le da coraje no poder evitarlo.

Ha conseguido calentarlo. Exasperarlo. Piensa que así, encabronado, presa de la ira, al menos puede cometer un error. Algo que abra un espacio mínimo para escapar. Para salir de la trampa. Pero dura poco la esperanza.

Óscar intenta gritar, pero apenas puede, aunque solo sirva para alentar la ira del verdugo que avanza de nuevo con la navaja. La computadora sigue corriendo, interminable, *Ríorrevuelto*. Aprieta el cuello con la mano libre y acerca la navaja a la piel de Daniela Real.

Óscar sabe que no existe la clemencia. Mira a su captor, salpicado por la sangre de Daniela, meterse al baño, abrir el grifo de la regadera. Y luego salir con ropa nueva y una bolsa negra donde seguro ha guardado la ropa ensangrentada y en donde tira también el arma, la navaja. Le asombra la sangre fría.

El hombre ni siquiera mira a sus víctimas. Toma su celular y marca a quien tiene que llamar:

—Ahora sí ya está liquidado el asunto, subprocurador, como quedamos, donde quedamos —declara.

—Al fin hacen bien algo —se escucha del otro lado de la línea.

11:05 p.m.

Es el departamento 11, se dice mientras sube las escaleras a toda prisa. A pesar de que cojea después de la pelea con Zavalgoitia, Fausto Letona va dando saltos. Piensa en la segunda ley de la termodinámica, de sus clases de física en la Escuela Militar de Ingenieros, a la que entró por insistencia de su padre. No es posible devolver el calor a un líquido que se enfría sin aplicar mucho mayor calor. Simple. Pero mejor explicado por su profesor: el desorden llama a más desorden. El caos llama al caos. Es la ley de la entropía. Y una vez que el desorden empieza solo es posible que crezca exponencialmente.

Gerardo Careaga ha desatado la más cabrona de las noches.

Y nada puede terminar bien. Al contrario. El caos puro.

Llega al segundo piso jadeando, con la respiración entrecortada y la pierna adolorida. Pero el dolor y el cansancio no pueden detenerlo. No ahora. Toma aire al tiempo que evalúa, en cuestión de segundos, sus opciones.

Si dentro del departamento está Daniela, entonces está muy mal acompañada y no lo van a recibir con serpentinas y confeti. Si no está, al menos podrá encontrar algo que le permita buscarla. O mejor salir de la ciudad sin que lo agarren por lo de Zavalgoitia. No puede regresar al edificio de Petén.

Tampoco le van a abrir la puerta fácilmente.

Y es lo que hace.

Toda su fuerza con la pierna buena descargada contra la madera que se abre, sin astillarse, con el ruido seco del golpe de su bota.

Se abre con tal fuerza, a tal velocidad, que el rebote lo alcanza a golpear, lo desequilibra.

El lugar está a oscuras.

Enciende la luz, pero hubiese preferido dejarla apagada. Lo que mira lo repulsa, aunque haya visto tantas veces la muerte, aunque haya olido tantas veces la sangre. Ha sido una carnicería.

El suelo ensangrentado.

Lujambio y Daniela, en distintas sillas: amarrados de las piernas. Los han también esposado contra los respaldos. Sangran.

Letona grita el nombre de Daniela, sin respuesta.

Se acerca a ella. Le toca el cuello.

Ha llegado demasiado tarde. Le cierra los ojos, que ya no ven nada y luego revisa el pulso de Lujambio. Débil, pero aún con vida. Le cortaron la lengua.

Llama a una ambulancia, da los datos. Finge que es un vecino.

Inspecciona el lugar.

Quien lo haya hecho ha limpiado un poco. No hay rastros de armas, ni cuchillos. Nada allí que muestre con qué se causó tanto dolor. Nada que dé cuenta de la saña con la que se ultrajó, con la que se hirió.

Voltea a ver por última vez a Daniela Real. Tiene que desviar la vista. Se siente imbécil, no pudo siquiera hacer eso bien: protegerla. Golpea con los nudillos en la mesa del comedor. Una vez. Otra. Otra vez. Hasta que le duele la mano y el dolor físico le permite olvidar lo que está contemplando.

Sale de allí aprisa. Ha tenido demasiada suerte por ahora. Pese a la indiferencia ante la muerte, pronto un vecino sí llamará a la policía por la puerta de vidrio rota. O ya la ha llamado y llegarán pronto.

Da vuelta en Puente de la Morena, no hay un solo coche en la calle. Da vuelta a la derecha, cruza por encima del Viaducto. En menos de cuatro minutos está en avenida Revolución. Piensa entonces qué hacer esa noche. Un hotel. El Ambos Mundos está cerca y es suficientemente discreto, pues nadie va a él a dormir.

En el coche, solo, mientras piensa en sus escasas opciones, se da cuenta de que está llorando.

Mañana

Sabe lo que tiene que hacer. Lo ha pensado durante toda la noche. Se ha preparado para la ocasión. Un último esfuerzo.

Tres horas estuvo en el Ambos Mundos. Se bañó con el agua más caliente que pudo, como si quisiera escaldarse el cuerpo. Se acostó en la cama sin poder dormir y decidió que era absurdo quedarse allí.

¿A qué?

¿A qué, si sabía de antemano lo que tenía que hacer?

Volvió al auto. A las calles nuevamente pobladas de madrugada, pero por otros seres. Un universo paralelo. Parte de lo que alimenta al monstruo.

Luego se estacionó en el lugar idóneo. A esperar.

Ha permanecido casi toda la noche en vela, en Polanco, vigilando de soslayo el edificio donde está el penthouse de Careaga. Schiller casi esquina con Horacio. Hay, como siempre, un par de hombres de seguridad afuera, en una Suburban negra. Nadie más. Él no puede acercarse, permanece resguardado en el coche, pero ya son las siete y media de la mañana y sabe que desde allí no hay posibilidad alguna de actuar a tiempo.

Se sienta en una banca del camellón. O más bien se recuesta, fingiendo que duerme. Registra todo lo que pasa con la vieja precisión que lo hizo famoso en la Policía Federal. Pero esta vez no es por el entrenamiento. Ha aspirado un par de rayas de coca en el coche; aunque no sea su droga favorita, las necesita para estar alerta y recuperar un poco de energía.

Entonces ocurre. En cámara lenta. Como si el tiempo se detuviera a su favor. Las cosas pasan en velocidad normal, pero él las cronometra en milésimas de segundo. Gerardo Careaga sale de su edificio y se acerca a la Suburban de sus guaruras. Les toca el vidrio, seguro despierta a los imbéciles.

Bajan el vidrio.

Algo les dice. Mira al subprocurador mover los labios. Uno de los hombres baja de la camioneta y lo escolta.

Careaga da la vuelta en Horacio y camina, solo, hacia Petrarca. No más de ochenta pasos. Los mismos que él da, del otro lado de la calle, sobre el camellón, como en una especie de espejo idiota.

Compra el periódico y entra en el restaurante. Una cafetería, Eno.

Fausto Letona cruza la calle. Se detiene en el puesto del voceador, compra también un periódico en el que esconde la pistola. El subprocurador ya está sentado a la mesa, de espaldas a la puerta. El guarura en la puerta.

Sabe lo que tiene que hacer. Lo que ha venido a hacer. Es un consuelo. No va a resucitar a Daniela, pero no importa.

Letona descarga tres tiros sobre el subprocurador, como si estuviera saludándolo y huye de ahí. Dispara desde afuera. La ventana estalla en pedazos, como el cuerpo de Careaga.

Corre.

El guardaespaldas le ha disparado, sin alcanzarlo, dos veces. Habla por radio, seguro pide refuerzos. Se acerca a su jefe y grita a los comensales que pidan una ambulancia. El tiempo suficiente para permitirle a Fausto correr poseso por la calle lateral. Le hace la parada a un pesero. Ha ocultado la pistola, podría ser cualquier oficinista de la zona.

Se baja a las pocas cuadras. Ni siquiera comprueba si lo siguen. Un sitio de taxis. Pide que lo lleve a la Central del Norte. Sin saber aún si se saldrá con la suya.

No voltea. No le interesa.

Tiene en la memoria lo único que le importa, el cuerpo de Careaga doblándose hacia atrás por el impacto de las balas después de que el cristal se hiciera mierda.

Eso le basta.

El taxista viene escuchando el radio. Un programa de noticias. La conductora habla de la muerte de una periodista. Ni siquiera dice su nombre, solo sentencia que ha muerto otro periodista, una mujer esta vez, el número veintisiete en lo que va del año. Luego manda a comerciales.

No tiene un plan claro, salvo salir de la ciudad. Toma su asiento. Como siempre, el último del autobús, junto al baño. Le permite contemplar todo el panorama, actuar si es necesario, como en el camión de Toluca. Pero no está para más acción. Esta vez ha comprado boleto para Reynosa. Y allí verá qué hace, a qué se dedica. A donde vaya necesita encontrar un hospital. Le quedan varias sesiones de quimioterapia.

No le queda esperanza alguna. El autobús sale de la terminal y toma hacia la carretera de Querétaro. Hace frío, a pesar del sol o de la falta de nubes. Un cielo azul, sin aviso de tormenta. Terribles las lluvias de los días anteriores. La ciudad empantanada, inundada aún en ciertas zonas.

Una grúa intenta sacar un vocho debajo de un puente anegado. Fausto observa a los trabajadores afanarse en su hazaña. La ciudad en su tarea infinita de permanecer despierta, viva, incombustible.

Nota del autor

Esta novela tiene algo de escritura en vivo, como un documental que nunca termina de escribirse. Por eso, quizá, es para quienes estuvieron cerca de ella. Ricardo Chávez Castañeda en las curiosamente frías mañanas de Vermont. Giannina Reyes en las tardes más cálidas, frente a una sidra seca y después en una ardua revisión. Eloy Urroz, Lety Barrera; Jorge Volpi y Rocío Martínez generosamente presentes desde la distancia. Alberto Castellanos, Sonia Konegarten e Ignacio Sánchez Prado también leyeron cuando estaba cocinándose y pusieron algo de sal y pimienta. Gabriel Sandoval y Carmina Rufrancos, porque creer es un verbo que conjugan siempre. Luis Carlos Fuentes, con minuciosidad de neurocirujano, decidió extirparle los tumores y el resultado es una mucho mejor novela. Daniel Chávez y Alberto Moreiras me devolvieron la fe en este libro, recordándome la necesidad del grito en tiempos como estos. Como siempre Indira García me acompaña con su presencia y su paciencia. Las lecturas de todos han sido el único trago de agua fresca en medio de la escritura de esta novela rabiosa, furibunda que se rehúsa a aceptar que México se desmorone como un montón de piedras.

Índice